CARCOMA

LAYLA MARTÍNEZ

CARCOMA

roman

TRADUIT DE L'ESPAGNOL
PAR ISABELLE GUGNON

OUVRAGE PUBLIÉ AVEC LE CONCOURS
DU CENTRE NATIONAL DU LIVRE

ÉDITIONS DU SEUIL
*57, rue Gaston-Tessier, Paris XIXe*

Titre original : *Carcoma*
Éditeur original : Editorial Amor de Madre, Espagne
ISBN original : 978-84-947043-7-6

ISBN 978-2-02-153048-3

www.seuil.com

À José, pour que le Diable bénisse nos noces.

1

Quand j'ai franchi le seuil, la maison s'est jetée sur moi. C'est toujours pareil avec ce tas de briques et de crasse. Il se rue sur tous ceux qui passent la porte et leur tord les boyaux jusqu'à leur couper la respiration. Ma mère disait que cette maison faisait tomber les dents et asséchait les entrailles, mais il y a longtemps qu'elle a pris le large et je n'ai plus aucun souvenir d'elle. Elle disait ça, je le sais, c'est ma grand-mère qui me l'a raconté, pourtant elle aurait pu s'épargner cette peine parce que j'étais déjà au courant. Ici tes dents, tes cheveux et ta chair tombent et à la moindre inattention tu te retrouves à te traîner d'un coin à l'autre, ou tu te mets au lit pour ne jamais te relever.

J'ai posé mon sac à dos sur le coffre et ouvert la porte de la salle à manger. Ma grand-mère n'était pas là. Sous la table de la cuisine non plus et encore moins dans le placard de la remise. J'ai tenté ma chance à l'étage, ouvert les tiroirs de la commode et les portes de l'armoire sans plus de succès. La vieille peau. Puis j'ai vu le bout de deux chaussures poindre sous un des lits. Dans d'autres circonstances je n'aurais pas soulevé le bord de la courtepointe, car il vaut mieux ne pas déranger ceux qui vivent là, mais les souliers de ma grand-mère sont reconnaissables entre mille. Leur vernis brille tellement qu'on peut s'y refléter depuis l'autre côté de la pièce. Quand j'ai tiré sur le tissu, elle regardait fixement les lattes du sommier. Une voisine qui l'avait surprise en train de sortir du coffre, un matin, a dit aux journalistes que la vieille était frappée de démence, mais qu'est-ce qu'elle en savait, cette sale langue de vipère aux cheveux plus crades que la friteuse d'un routier ? Ce n'était pas de la démence.

J'ai tiré la vieille, l'ai assise sur le lit et secouée par les épaules. Ça marche certains jours, d'autres non, comme cette fois-là. Quand c'est le cas il est préférable d'attendre que ça se tasse. Après l'avoir trimbalée dans le couloir, j'ai ouvert la porte du grenier pour l'y pousser et l'enfermer à clé. Dans cette maison on peut verrouiller toutes les portes de l'extérieur. C'est une tradition familiale, comme toutes ces conneries que font les gens à Noël. Nous avons beaucoup de traditions, entre autres de nous enfermer les unes les autres, mais nous ne mangeons jamais d'agneau parce que ces bêtes-là ne nous ont rien fait et que nous trouvons ça malpoli.

Je suis descendue chercher mon sac avant de remonter. L'étage ne comporte que l'escalier qui mène au grenier et une chambre que je partage avec la vieille. J'ai laissé le sac sur mon lit, le plus petit. Avant c'était celui de ma mère et avant ça celui de ma grand-mère. Dans cette maison on n'hérite pas de bagues en or ni de draps brodés à ses initiales, non, ici les morts nous laissent des lits et du ressentiment. La rage et un endroit où t'étendre la nuit, voilà tout ce que peut te léguer cette maison. Je n'ai même pas hérité des cheveux de ma grand-mère, qui à son âge les a encore épais comme de la corde, un vrai bonheur quand elle les lâche alors que moi je n'ai que quatre poils raides, rachitiques sur le caillou, collés au crâne et gras deux heures après un shampoing.

J'aime ce lit dont la tête est tapissée d'images d'anges gardiens recouvertes de cellophane qui finit par tomber parce qu'il est vieux et pourri, et que je m'empresse de remplacer en en déchirant un petit morceau tout neuf avec mes dents. Ma préférée est celle d'un ange veillant sur deux enfants prêts à dégringoler dans un ravin. Ils jouent en haut du rocher escarpé et sourient d'un air niais, comme s'ils étaient dans leur cour et non au bord d'un précipice. Ils sont plutôt grands, ces abrutis, pourtant ils restent là comme si de rien n'était. Je les regarde souvent le matin, au réveil, pour voir s'ils sont tombés. Sur les autres images pieuses un bébé va bientôt mettre le feu à une maison, des jumeaux cherchent à introduire leurs doigts dans une prise de courant et une fillette s'apprête à s'amputer d'une phalange avec un couteau de cuisine. Ils ont tous des sourires de psychopathes aux joues rondes et roses. La vieille a collé ces scènes-là dès la naissance de ma mère, pour que les anges la protègent et, chaque soir, avant de s'endormir, elles s'agenouillaient à côté du lit, les mains jointes, et priaient : aux quatre petits coins de mon lit quatre petits anges montent la garde. Jusqu'au jour où la vieille a vu de vrais anges et s'est rendu compte que ceux qui avaient dessiné les vignettes n'en avaient jamais vu de leur vie, car aucun n'a ces boucles blondes ni ces jolies frimousses. Ils ressemblent davantage à des insectes géants, des mantes religieuses. Ma grand-mère a donc cessé de prier. Qui a envie que quatre mantes religieuses avec leurs centaines d'yeux et de bouches pourvues de pinces fassent irruption dans le lit de sa fille ? Maintenant nous prions parce que nous avons peur qu'ils se posent sur le toit et glissent leurs antennes et leurs longues pattes dans la cheminée. Parfois nous entendons du bruit au grenier et quand nous montons nous voyons leurs yeux qui nous guettent entre les tuiles, alors nous récitons un Je vous salue Marie pour les effrayer.

J'ai sorti mes affaires du sac à dos et les ai disposées sur le lit. Quatre T-shirts, deux collants, cinq petites culottes, cinq paires de chaussettes et les vêtements que je portais quand j'allais voir le juge : un pantalon noir et un chemisier à fleurs, une tenue que j'endossais aussi pour les entretiens d'embauche, soucieuse de leur montrer que j'étais innocente et gentille, et par conséquent fin prête à être exploitée sauvagement. Ça a fonctionné avec le juge, pas avec les chefs d'entreprise. Je crois qu'ils lisaient la fureur sur mon visage parce que je souriais en serrant les dents. Le seul boulot que j'ai décroché consistait à m'occuper du garçon des Jarabo, qui se foutaient pas mal de mon chemisier et de ma rage vu que ma famille avait toujours été à leur service et qu'il en serait toujours ainsi, quelles que soient la tenue que je portais et la rancœur que j'éprouvais à leur égard.

Maintenant le chemisier ne me sert plus à rien parce qu'il a déteint, et on s'en fiche étant donné que je ne risque pas d'avoir un entretien d'embauche de sitôt et qu'après ce qui s'est passé personne ne va m'engager. Je n'aurai plus besoin de serrer les dents pour contenir ma colère, mais la vieille dit qu'il va bien falloir que j'apprenne à faire quelque chose de mes dix doigts. Elle dit ça pour ne pas m'avoir tout le temps sur le dos à la maison et elle a raison, car lorsque je reste inactive trop longtemps ça me tape sur les nerfs et sur le système. J'aimerais promener des chiens, mais ici personne ne me payera pour ça. Ici les chiens sont enfermés dans des enclos et peuvent s'estimer heureux quand on leur jette de temps en temps un quignon de pain dur par-dessus la barrière.

Bon, je poursuis. Quand j'ai sorti mes vêtements du sac, j'en ai profité pour mettre un T-shirt propre. J'adorerais pouvoir vous dire qu'il était beau mais ce n'est pas vrai, or je tiens à raconter les choses fidèlement, et en vérité ces deux T-shirts étaient aussi moches l'un que l'autre, déformés et usés à force d'avoir été portés. Au moins celui que je venais d'enfiler ne sentait pas l'odeur de renfermé des bus pourris du coin, dont les relents de vestiaire de gymnase imprègnent le revêtement des sièges. J'ai rangé mes habits dans le dernier tiroir de la commode tout en sachant que c'était débile car le lendemain je devrais les chercher dans le placard de la cuisine, le coffre de l'entrée ou sur les étagères de la remise. C'est toujours pareil, dans cette maison il faut se méfier de tout, en particulier des armoires et des murs. Les commodes sont un peu plus fiables, et encore.

J'ai entendu un bruit sec et compris que la vieille cognait sa tête contre la porte. Elle allait bientôt revenir, mieux valait la réveiller avant qu'elle s'approche de la lucarne du grenier. Ça ne serait pas la première fois qu'elle tomberait ou sauterait dans le vide, ce qui reviendrait au même car si elle s'obstinait à le faire elle finirait estropiée ou tarée. J'ai regagné la chambre et ouvert la porte. Je l'ai secouée plus fort qu'auparavant, jusqu'à ce qu'elle soit de nouveau parmi nous, et elle a dit oh, ma fille, je ne t'ai pas entendue rentrer. Je lui ai répondu que j'étais là depuis une demi-heure mais qu'elle était partie tout ce temps-là. Quand les saints t'emmènent ils t'emmènent, a-t-elle conclu, puis elle a quitté la pièce et descendu l'escalier. Les marches ont grincé, comme prêtes à se fendre alors que la vieille pèse tout au plus cinquante kilos. Telle que vous la voyez, elle n'a que la peau sur les os, une peau flasque sans chair en dessous. Lorsque je suis descendue elles se sont tues. On ne peut pas leur faire confiance à elles non plus.

La vieille tournicotait dans la cuisine, s'affairant çà et là. Il était presque deux heures de l'après-midi mais je n'avais pas faim, je n'avais jamais faim à l'époque, je n'avais dans le ventre qu'une inappétence de chien malade. Elle a posé deux assiettes creuses sur la table et approché la marmite. Inutile de lui demander ce qu'il y avait pour le déjeuner, c'était toujours la même chose. D'aussi loin que je me souvienne, c'était comme ça et j'y suis habituée, contrairement au commun des mortels qui risque de trouver ça bizarre, raison pour laquelle je vais me fendre d'une explication. La vieille met de l'eau à bouillir dans une marmite où elle jette tout ce qu'elle a sous la main, souvent ce qu'elle tire du potager ou cueille dans les collines, parfois une poignée de pois chiches ou des haricots secs qu'elle achète aux camions qui passent vendre leurs produits au village. La soupe bout pendant des heures, puis elle la fait réchauffer un peu chaque jour et la rallonge avec ce que bon lui semble, et à mesure qu'on la mange elle verse davantage d'eau et d'autres ingrédients dans la gamelle. Quand cette ragougnasse commence à tourner, elle lave la marmite et renouvelle l'opération depuis le début. Ma mère détestait cette tambouille mais peu importe, je vous ai déjà dit qu'elle est partie il y a belle lurette. Moi non plus je n'aime pas ça, mais n'ayant ni l'envie ni le courage de cuisiner autre chose, je ferme mon clapet.

Comme d'habitude, j'ai mis plusieurs morceaux de pain dans ma soupe et attendu qu'ils s'imbibent. La vieille a pris une bouteille de vin et servi trois verres : un pour moi, un pour elle et un pour la sainte. Elle est un peu déprimée en ce moment, m'a-t-elle expliqué en plaçant le verre à proximité de l'effigie de sainte Gemma, dont l'autel s'élève près de l'évier. Ensuite elle s'est assise à côté de moi et m'a demandé s'il y avait beaucoup de monde dans le bus. Juste le boucher et moi, ai-je répondu, et elle a voulu savoir s'il m'avait parlé, ce crétin, ce faux-cul qui pourrait s'empoisonner rien qu'en se mordant la langue. Il ne m'avait pas adressé la parole. Dans ce village, en plus d'être des faux-culs, les gens sont des lâches et ne te disent jamais rien en face, à moins de s'attrouper à trois ou quatre.

Ma grand-mère s'est levée et a ajouté du vin à ras bord dans le verre de la sainte avant de se signer. Espérons que la petite Gemma donnera des cauchemars à ce misérable, a-t-elle dit, mais moi je savais qu'il n'en serait rien, la sainte ne pouvant pas s'occuper de tous les connards du village, ils sont trop nombreux. C'est à nous de nous en charger. Le repas terminé, j'ai débarrassé les assiettes que j'ai mises dans l'évier. Ma grand-mère est allée dans la salle à manger et s'est écroulée sur la banquette pour égrener son rosaire. Un Je vous salue Marie pour les morts, un deuxième pour les saints et un autre pour la Vierge de la Colline, qui veille sur le village depuis les hauteurs.

Je suis sortie dans la cour et me suis assise sur le banc de pierre, près de la porte. À cette heure le village est toujours désert, et quoi qu'il en soit les habitants ne viennent jamais jusque chez nous, sauf lorsqu'ils ont quelque chose à demander à la vieille. Les fois où ils ne peuvent pas faire autrement et sont obligés de passer par ici pour se rendre dans une oliveraie ou un champ, ils pressent le pas comme s'ils avaient oublié de couper le gaz, mais certains trouvent quand même le temps de cracher sur la grille. Leurs mollards restent collés et laissent des traces blanches après avoir été séchés par le soleil. Un soir quelqu'un a balancé de la javel sur la treille. Les feuilles sont tombées, les branches continuent malgré tout de ramper sur la façade. Ma grand-mère a refusé de l'arracher. Tout le monde l'aura sous les yeux et voilà ! Elle a accroché une image de sainte Agathe à une des branches. Son auréole et le plateau où reposent ses seins coupés pendant son martyre étaient dorés. Une pie a volé l'image. Nous lui avons laissé d'autres objets brillants mais elle n'est pas venue les chercher. Seule la sainte l'intéressait, ce que je comprenais parfaitement.

Ayant entendu une voix m'appeler je suis rentrée. L'atmosphère s'était alourdie, la maison retenait sa respiration. Dans la salle à manger la vieille dormait sur la banquette la bouche ouverte, son chapelet dans une main. La voix a de nouveau résonné, cette fois à l'étage. J'ai monté l'escalier quatre à quatre mais j'ai tout juste eu le temps de voir la porte de l'armoire se fermer. Je n'allais certainement pas tomber dans ce piège. J'ai bloqué la porte avec une chaise et j'ai pivoté pour sortir. C'est alors que j'ai entendu les coups. Faibles au début, ils ont gagné en intensité. Frappés de l'intérieur ils devenaient de plus en plus forts, puis ça a été des raclements, des secousses et j'ai vu la porte de l'armoire se fendiller tant et plus à chaque coup assené. Les pleurs d'un enfant que j'ai aussitôt reconnus pour les avoir entendus des centaines de fois s'élevaient du meuble. Je me suis rapprochée au moment où la chaise tombait et où l'armoire s'ouvrait. Toute la maison s'était contractée autour de la pièce dans l'attente de ce qui allait suivre.

Mieux vaut qu'elle soit fermée, ma fille, a dit la vieille dans mon dos. Elle m'a fait sursauter, je ne l'avais pas entendue monter ni entrer dans la chambre. Les voix de l'armoire produisent toujours cet effet-là, une sorte d'ahurissement qui fait qu'on ne peut penser à rien d'autre, comme si on était sourd, dingue ou sourdingue. La vieille s'est avancée vers le meuble, a pris la clé dont elle ne se sépare jamais et l'a tournée dans la serrure après avoir écarté la chaise. La maison a resserré ses murs et ses plafonds en fondant sur nous pour nous protéger ou nous étouffer, va-t'en savoir, peut-être les deux, ce qui ne fait guère de différence entre ces quatre murs.

Un bruit de moteur s'est élevé, le véhicule s'est arrêté sur le chemin de terre, devant la porte de la cour. Je me suis approchée de la fenêtre et j'ai ouvert le rideau. Une lueur m'a aveuglée quelques instants, les reflets du soleil dans l'objectif d'une caméra braquée sur la maison. Quelqu'un leur avait sûrement dit que j'étais de retour. À l'époque des événements, le village s'était rempli de journalistes qui avaient interrogé les habitants, tous y étaient allés de leurs ragots en espérant passer à la télé. Et bien sûr ils avaient réussi. Plus ils déversaient leurs commérages, plus ils en inventaient et plus on les voyait sur le petit écran. On les interviewait en direct dans les émissions du matin, ils racontaient que je n'étais guère allée à l'école, que je ne parlais à personne, qu'ils ne me connaissaient aucun petit ami mais que je reluquais les filles. Oh, moi ce n'est pas pour dire mais elle regarde ma petite-fille comme si elle avait envie d'elle ; oh, moi ce que j'en sais c'est qu'on ne l'a jamais vue avec un homme, répétaient ces hypocrites, leur haine coincée entre leurs dents avec les restes de nourriture. Des fourbes et des faux-culs, c'est tout ce qu'il y a dans ce village, je vous l'ai déjà dit. Ils adorent moucharder au patron, à la Guardia Civil, aux journalistes, peu importe qui ou quoi pourvu qu'on leur tapote ensuite l'épaule.

Ils ont aussi bavé sur la vieille : elle parlait toute seule, elle dormait dans le coffre, elle se lavait nue sous la treille. Les interviews étaient de plus en plus longues et ils déblatéraient à n'en plus finir. Ils voulaient tous passer à la télé et plus ils inventaient, plus ça marchait. L'envie les prenait à la gorge et s'enroulait autour de leurs langues, de leurs bouches sortait de la bile et encore de la bile, retenue pendant des années ou toute fraîche, c'était pareil, ça revenait exactement au même. Ils ont dit qu'ils avaient vu la vieille creuser dans le cimetière pour y récupérer des os, bavarder avec les morts quand il n'y avait personne chez elle. Ils parlaient, parlaient, et à la télé on débattait de leurs potins et de leurs mensonges, ils devenaient viraux sur les réseaux sociaux, tout le monde croyait tout savoir sur nous. On inspirait du dégoût à la plupart des gens. Et aussi de la haine, une haine dense qui leur collait au palais et dégoulinait au coin de leurs lèvres pendant qu'ils jasaient devant les caméras. Certains ont eu pitié de nous et déclaré qu'on était malades, qu'il fallait appeler les services sociaux pour qu'ils se chargent de la vieille et peut-être de moi, parce que j'avais l'air un peu barrée ou attardée, en tout cas pas tout à fait normale. Moi je me fous qu'on me croie folle ou conne, mais leur pitié je n'en veux pas, ça non, vraiment, je n'ai pas fait tout ce que j'ai fait pour m'attirer la charité.

La vieille m'a éloignée de la fenêtre, elle sentait que ça me gonflait de revoir des journalistes. J'ai essayé de me les sortir de la tête pour ne pas piquer une crise mais j'étais consciente que leurs tractractractrac de crécelles resteraient dans mon cerveau même quand je n'y penserais pas et tout ressortirait alors dans la nuit au fond de mon lit qui avait été celui de ma mère et avant ça celui de ma grand-mère et encore avant ça de je ne sais trop qui. J'ai entendu l'enfant pleurer, ai-je dit à la vieille, à la fois pour changer de sujet et lancer une discussion, car les semaines en préventive sans pratiquement décocher un mot m'avaient abrutie. La maison est agitée depuis que tu es revenue, a-t-elle répondu, mettant un terme à la conversation parce qu'elle n'aimait pas parler à moins d'avoir quelque chose à dire. En constatant que je n'avais pas l'air jouasse elle s'est retournée avant de quitter la pièce. Tu sais bien qu'il n'y a que deux façons de la calmer. Prier les saints ou lui donner ce qu'elle veut.

Sur ce elle a descendu lentement l'escalier, me laissant seule devant l'armoire impatiente et affamée, ça, ça ne faisait aucun doute. Je percevais sa faim de chien en cage, de cheval attaché. Quand je suis passée à côté pour emboîter le pas à la vieille son bois a grincé. Elle me provoquait, elle voulait que je l'ouvre, la roublarde, mais je connaissais toutes ses combines par cœur.

Dans la cuisine la vieille avait fait un feu pour lui demander quelque chose. Elle alimentait le foyer avec des broussailles sèches, des branches de pin, des vieux papiers, le tout réduit en petits bouts pour que le feu ne devienne pas trop gourmand. Elle lui adressait des murmures, les yeux rivés sur lui, lâchait ses prières entre ses dents sans que je comprenne un mot de ce qu'elle disait, mais je savais qu'elle implorait sainte Barbe décapitée par son père en haut d'une montagne, sainte Cécile plongée dans l'eau bouillante, sainte Maria Goretti assassinée alors qu'on essayait de la violer et toutes les petites saintes mortes par la main d'hommes enragés.

En sortant de sa transe la vieille m'a tendu une image. Va donner ça au journaliste qui est là-bas dehors, m'a-t-elle ordonné, puis elle a chanté devant le feu pour qu'il s'éteigne doucement et elle a séparé les braises. C'était l'archange Gabriel en armure dorée, les ailes déployées. Dans une main il tenait une épée, dans l'autre une balance, ça me plaisait, ça revenait à dire qu'il n'y a pas de justice sans mort ni de mort sans pénitence. J'appréciais moins le fait qu'il soit beau au lieu de ressembler à une mante religieuse, à une mite ou à une sauterelle, ce qui signifiait que ce peintre n'avait lui non plus jamais vu un ange de sa vie. Les artistes qui font des estampes sont des charlatans, et moi j'en ai marre de tous ces bobards.

Je ne veux pas être filmée, ai-je grommelé, mais la vieille s'en foutait comme elle se contrefout de toutes mes plaintes. J'ai traversé le couloir et ouvert la porte d'entrée. La maison a tremblé de plaisir ou de dégoût, je l'ignore et peu importe car ici ça ne fait guère de différence. Je n'ai pas reconnu le journaliste, ils sont tous pareils à mes yeux, ils ont tous la même barbe, la même coupe de cheveux, le même ton de voix comme s'ils m'accusaient, m'accusaient sans cesse. Ils me font tous autant chier les uns que les autres.

J'ai traversé la cour et ouvert la grille. Tenez, un cadeau de la part de ma grand-mère, ai-je lâché en lui tendant l'image. Il m'a regardée sans trop savoir quoi faire, ce tocard. M'est avis qu'avec toutes les histoires qu'on leur serinait sur nous, les journaleux avaient peur et je trouvais ça bien parce que je préfère être crainte que prise en pitié. Son collègue était plus dégourdi, il a activé sa caméra dès que j'ai poussé la grille. Au bout de quelques instants l'autre empoté a réagi lui aussi. Il a pris l'image en tenant la porte pour m'empêcher de la fermer. J'ai forcé dessus pendant qu'il me parlait mais je n'ai rien capté, obnubilée par la pensée que si j'arrivais à lui faire bouger sa main vers la droite je pourrais réduire ses doigts en bouillie en refermant. Il a dû s'en apercevoir parce que dès que j'ai plongé mes yeux dans les siens il s'est écarté comme si la grille était tout à coup devenue brûlante.

En regagnant la maison j'ai entendu la vieille fourrager au grenier. Au boucan qu'elle faisait j'en ai déduit qu'elle déplaçait les marmites du massacre. N'ayant pas servi depuis longtemps, elles étaient à moitié piquées mais nous refusions de les vendre au ferrailleur car on ne sait jamais, on peut toujours avoir besoin d'une gamelle assez grande pour contenir un petit corps couché sur le flanc, sans compter que c'est là que se cachent les défunts de la vieille qui débarquent ici en tremblant, alors elle n'a pas envie de leur retirer leurs marmites ni de les priver d'endroits où se glisser. Ils arrivent à la maison après avoir erré dans les collines, couverts de boue, de crasse et de sang, ils ne sont plus que des frémissements ambulants et craintifs, allez donc savoir ce qu'ils ont vu et le temps qu'ils ont passé à trifouiller leurs fosses, et elle, ça lui fait de la peine qu'ils n'aient pas une casserole où se planquer jusqu'à ce que leur angoisse se calme.

Je suis allée nourrir les chats dans l'arrière-cour. En été

ils ne venaient pas trop par ici, ils préféraient grimper dans le figuier du jardin ou descendre au fond du ravin pour se mettre au frais, mais ils passaient tous les jours pour s'assurer qu'on allait bien et se remplir la panse. On leur avait fait comprendre qu'ils devaient laisser les oiseaux et les lézards tranquilles, qu'il y avait bien assez de croquettes et qu'ils n'allaient pas en manquer. Quand ils m'ont vue certains se sont mis à miauler comme des perdus, d'autres se sont avancés pour que je leur gratte la tête. J'ai rempli les gamelles et nous sommes restés là, à glandouiller jusqu'à ce que la nuit tombe. Ici il n'y a de toute manière pas grand-chose d'autre à faire que ruminer la rage qu'on a au ventre, et pour ça je m'y connais.

Dans la cuisine la vieille avait dressé la table et disposé trois assiettes, trois verres et trois morceaux de pain. J'ai mis le couvert pour ta mère parce qu'elle n'est pas tranquille, m'a-t-elle expliqué. Moi ma mère je ne m'en souviens pas. Ma grand-mère m'a montré des centaines de fois des photos d'elle qu'elle sort de la boîte à gâteaux où elles sont rangées, dès que l'assaillent le chagrin ou la rancœur, qui ne sont guère différents ici. Elle me les montre mais je n'éprouve ni tendresse ni plaisir ni rien, parce qu'étant presque deux fois plus âgée que cette adolescente, je n'ai pas l'impression qu'elle pourrait être ma mère. En revanche je ressens une pointe d'amertume, un héritage de ma grand-mère, et de la colère à l'idée qu'on puisse emmener une ado contre son gré, sans vêtements ni argent. Tout ce qu'on sait c'est qu'elle est montée dans une voiture et que plus personne ne l'a jamais revue.

On a fini de manger, j'ai fait la vaisselle et soufflé les cierges des saintes, consciente qu'il ne faut pas laisser d'objets dangereux à leur portée, puis je suis montée dans la chambre. La vieille avait déjà piqué du nez et ronflait à sa manière, comme un chien fatigué. J'ai ramassé mes habits éparpillés par terre, sauf celui qui dépassait de sous le lit, car si on ne fait pas exprès de tomber dans un piège la première fois, ça devient intentionnel quand on refait l'erreur à quatre ou cinq reprises. J'ai eu un mal fou à me rentrer ce principe dans le crâne mais maintenant je m'y tiens. Je me suis endormie aussitôt, jusqu'à ce que des coups frappés à la porte d'entrée me réveillent. Même si le jour s'était levé depuis longtemps, il était encore trop tôt pour qu'on reçoive de la visite. J'ai bondi hors du lit et dévalé les marches. Postée sur le seuil, la vieille avait lâché ses cheveux comme lorsqu'elle cherche à effrayer les gens.

L'homme est entré dès qu'elle s'est poussée sur le côté mais il a à peine esquissé quelques pas. Il a détourné le regard en me voyant au pied de l'escalier. De là où je me tenais je percevais sa peur. Ça ne me faisait ni chaud ni froid pour la simple et bonne raison qu'outre de l'effroi, son être abritait de l'orgueil et du dédain. À cette heure où la chaleur n'était pas encore trop forte, son front et ses aisselles dégoulinaient de sueur. Il avait des lèvres sèches et violacées de malade alors qu'il ne l'était pas, je le savais, sa seule indisposition étant la honte mêlée de dégoût et de crainte qui lui nouait la gorge quand il nous voyait.

Qu'est-ce que tu veux ? a demandé ma grand-mère en chargeant sa langue de tout le mépris possible. Il a baissé les yeux et parlé comme s'il s'excusait, mais je savais que si la vieille l'asticotait un peu seul son orgueil ressortirait. Je viens de la part d'Emilia, voir si vous n'auriez pas quelque chose pour notre garçon qui passe un examen samedi. Je me demandais si je faisais bien de venir, à cause des journalistes, mais au village on raconte qu'hier soir ils ont raté un virage en retournant à l'hôtel, et que leur voiture est bonne pour la casse, a-t-il enchaîné, les mots se déversant à gros bouillons de sa bouche comme s'il les avait stockés au préalable. Emilia m'a dit qu'elle s'était arrangée avec toi et que je n'avais qu'à passer.

Je me suis approchée de lui et j'ai remarqué un léger tremblement de peur et de répugnance qu'il essayait de dissimuler. Et pourquoi elle t'aiderait, ma grand-mère ? ai-je soufflé, mon visage presque collé au sien. C'est pour le petit, a-t-il murmuré en essuyant ses mains moites sur son pantalon. Je n'ai rien dit aux journalistes, a-t-il poursuivi. Beaucoup de gens ont inventé des histoires et ils ont colporté des ragots, mais Emilia et moi on leur a répondu que ce n'était pas possible. Ils sont venus tous les jours nous poser des questions sur ton enfance et sur la disparition de ta mère, certains racontaient n'importe quoi pour passer à la télé, mais moi je leur disais que ça ne pouvait pas être vrai.

Je n'ai rien pour ton fils mais j'ai quelque chose pour toi, l'a coupé la vieille, qui en avait assez de toutes ces conneries et de tous ces mensonges. Elle a disparu dans la cuisine, nous laissant seuls dans l'entrée. Il a levé la tête et m'a regardée droit dans les yeux, son orgueil affleurait déjà sans qu'il veuille le rendre entièrement visible. L'odeur de transpiration de ses aisselles se mêlait à l'air dense de la maison. La vieille est revenue et lui a tendu une photo. Hier soir, on m'a laissé un message à ton attention. Elle veut que je vous dise qu'elle vous attend tous. Il a pris la photo qu'il a étudiée, confus. Ma mère posait avec d'autres garçons du village. Lui aussi y était. Au fil des années il avait attrapé un double menton mais conservé son air bête. Je ne sais pas de quoi tu parles, a-t-il lâché dans un sursaut de fierté. Oh que si, tu comprends parfaitement, a dit ma grand-mère, et là tout son orgueil s'est envolé et il n'est resté que ses mains tremblantes de porteur de Christ à une procession. Il a pivoté pour sortir mais s'est heurté à moi et son visage a bleui puis blêmi, son col de chemise était trempé de sueur.

La porte qui donnait sur la rue a claqué pour l'empêcher de quitter les lieux. Un souffle d'air chaud et épais est venu nous envelopper. Les verres et les assiettes ont commencé à s'entrechoquer dans le placard de la cuisine. À l'étage on entendait des bruits de meubles qu'on traîne ou de tiroirs qu'on ouvre et qu'on ferme. La maison tout entière était aussi furieuse que nous, c'était décelable dans chaque carreau et dans chaque brique. Pétrifié près de la porte, l'homme transpirait et tressaillait, incapable de faire un geste. Ses lèvres frémissaient comme sous l'effet du froid, pourtant à cette heure le soleil cognait sans compassion et de la rue nous parvenaient des bouffées non pas d'air mais de feu.

La vieille a posé une main sur mon bras et tout ce qui s'était passé ces derniers mois a repris possession de mon corps. L'arrestation l'interrogatoire les larmes de la mère les conférences de presse le garçon le garçon le garçon. J'ai dit que j'avais laissé la porte ouverte et qu'il était parti seul, j'ai dit que j'avais oublié de la fermer après avoir sorti la poubelle, j'ai dit que je travaillais depuis plus de douze heures et que c'était juste un moment d'inattention et que lorsque je m'en étais rendu compte il avait déjà disparu. Les scènes me sont revenues. Les caméras de surveillance qui avaient filmé l'enfant sans personne avec lui, les invités qui disaient que deux disparitions dans une même famille ça ne pouvait pas être une coïncidence, les voisins qui affirmaient que j'étais un peu attardée, un peu débile ou en tout cas fainéante parce que je n'avais ni étudié ni travaillé jusqu'à ce que les Jarabo m'engagent pour faire une fleur à ma grand-mère qui les avait servis avant de se marier.

Maintenant encore tout se réintroduit dans mon corps. Je ne sais pas si je vais pouvoir continuer car l'angoisse me gagne mais j'essaie, c'est bientôt fini. La vieille m'a dit tu sais ce que tu as à faire alors je l'ai fait. J'ai pris par le bras l'homme toujours paralysé comme s'il était devant un fantôme, et c'était peut-être vrai qu'il en voyait un ou qu'il voyait quelque chose de pire, beaucoup d'autres choses étant bien pires que les morts qui vous apparaissent. À l'étage les coups redoublaient d'intensité mais ils ont cessé dès que j'ai posé le pied sur la première marche. J'ai tiré l'homme jusqu'en haut et nous sommes entrés dans la chambre. Le volant du couvre-lit a légèrement bougé lorsque le talon d'une botte a disparu en dessous. La porte de l'armoire était ouverte. De l'intérieur sortait une émanation froide et humide semblable au brouillard qui s'élève d'un ravin ou à la nappe de brume au-dessus d'un puits. L'homme s'est dirigé vers la porte du meuble, attiré par un murmure que je n'entendais pas mais dont je connaissais l'existence et que je sentais comme on sent les pannes de courant ou les orages, comme un chant de cigales, mais au plus profond des os. Quand il s'est perdu dans les ombres j'ai fermé la porte.

2

Après ça la maison s'est calmée un moment. C'en a été fini des claquements de portes, des grincements et des meubles qu'on traîne. Les mauvaises herbes et les broussailles ont même recommencé à pousser dans l'arrière-cour, les ronces arrivaient presque à hauteur des fenêtres de la chambre. Les petits morts se sont tus également, ils ont cessé de murmurer sous le lit et de sangloter dans le placard. Je ne les ai plus vus pendant des jours, jusqu'à ce que l'un d'entre eux sorte une main de sous le couvre-lit. Il a failli m'attraper la cheville mais je l'ai corrigé d'un bon gros coup de talon sur la paume. Il faut réagir pour leur apprendre, sans quoi à la moindre inattention ils ne vous respectent plus et vous vous les traînez dans toute la maison, pendus à vos jupes.

Plus d'une fois j'aurais dû marcher ainsi sur les pieds de ma petite-fille. Ou lui flanquer une bonne claque. J'aurais dû lui arracher ce qu'elle porte en elle avant que des racines se forment et lui déchirent les entrailles. Les saints du Ciel et les âmes du purgatoire savent pourtant que j'ai essayé.

Au nom de la Vierge j'ai parcouru pieds nus la côte qui mène à l'ermitage et récité des neuvaines, mais elle ne m'a pas écoutée. À présent il est trop tard, je l'ai compris le jour où elle est entrée au service des Jarabo. Les petits saints me l'avaient dit mais j'avais préféré fermer les yeux. Elle a accepté ce travail sans me le dire et c'est à ce moment-là que j'ai eu cette révélation. Ces choses-là avaient grandi en elle comme chez ma mère, comme chez moi. J'ai fait tout mon possible, mais il n'est pas facile d'extirper ce qui nous mine. Dans cette maison nous sommes bien placées pour le savoir.

Le jour de son arrestation, elle a débité à la Guardia Civil les mêmes fadaises qu'à vous. Selon elle l'enfant est sorti tout seul et personne ne l'a revu. Ne croyez rien de ce qu'elle vient de vous raconter. Elle fait sa sainte-nitouche et tous ces idiots gobent ses salades. C'est moi qu'il faut écouter, moi qui sais ce qu'elle porte en elle, je vous l'ai déjà dit. Je sais ce que les gens portent en eux. Je le vois et ce que je ne vois pas, les saints m'en informent lorsqu'ils m'enlèvent. Je sais quand ils mentent, quand ils désirent ce qu'ils ne devraient pas désirer, quand ils sont envieux et jaloux de leurs propres enfants et de leurs frères et sœurs. Je vois les ombres qui les habitent.

Je vois aussi les ombres qui s'étendent ici. Je les vois déambuler dans l'escalier et les couloirs, ramper au plafond, guetter derrière les portes. La maison en est pleine. Certaines sont arrivées du village et des collines, mais d'autres errent ici depuis que la maison a été édifiée. Elles se sont mélangées au mortier qui scelle les briques et à la chaux qui enduit les murs. Elles sont présentes dans les fondations, le sol, les poutres et sous les tuiles. Elles ont préservé ce foyer pendant les trois ans de guerre et les quarante ans d'après-guerre, lorsque tout n'était que famine et poussière et qu'on ne distinguait plus les morts des vivants. Ils n'ont pas amené leur fléau ici lorsqu'ils ont remporté la victoire, ils ont laissé ma mère tranquille. Mais tout a un prix qu'il faut toujours payer. C'est là une autre des multiples choses que nous savons parfaitement dans notre famille. Tout se paye tôt ou tard.

Ici nous n'avons pas subi les *paseos*, ces sinistres « promenades » franquistes, ni les coups frappés à la porte au petit matin, et cependant cette maison est un piège et non un refuge. Nul n'en sort et ceux qui partent finissent par revenir. Cette maison est une malédiction. Mon père nous a maudites en la faisant construire et il nous a condamnées à vivre entre ses murs. Depuis nous sommes là et nous y resterons jusqu'à ce que nous pourrissions et bien après encore.

Mon père a acquis ce terrain à l'époque où il n'y avait rien. Il ne l'a pas acheté cher, personne ne voulant vivre dans des friches incultes en retrait du village dont on ne pouvait tirer que des ronces et des cailloux. Aucune maison ne s'élevait à proximité. Il n'y avait que les grottes creusées à flanc de colline occupées par ceux qui n'avaient nulle part où aller, des malheureux qui enterraient chaque année leurs enfants. Ils disaient qu'ils mouraient de la fièvre, mais allez donc savoir ce que c'était au juste, car seul le curé s'aventurait dans ces parages pour donner l'extrême-onction, à condition d'être payé, mais les médecins ne se déplaçaient pas. De temps en temps une famille entière disparaissait, la colline leur tombait dessus dans leur sommeil. C'était parfois à cause de la pluie, qui s'infiltrait dans la terre et la morcelait, ou bien des habitants, qui avaient creusé au mauvais endroit. Ils essayaient de faire un trou pour y loger une paillasse supplémentaire, destinée à accueillir un nouveau-né, et plantaient leur pioche là où ils n'auraient pas dû la planter. Le vacarme résonnait partout dans le village, mais lorsqu'on intervenait c'était déjà trop tard. La colline les avait engloutis. La plupart du temps on n'essayait même pas de dégager les corps des éboulis, c'était trop dangereux, et quoi qu'il en soit aucun cousin ni frère ou sœur de la famille n'aurait pu financer six ou sept funérailles. Quand une jambe ou un bras émergeait des décombres, on le recouvrait de terre en récitant un Notre Père pour que le défunt aille au Ciel. Sauf qu'il n'y allait pas. Personne ne repassait devant les grottes croulantes parce que tout le monde savait qu'ils étaient toujours là.

Que la Vierge me pardonne, mais il m'arrive de penser que Dieu n'existe pas, car dans le cas contraire, pourquoi n'a-t-Il pas laissé monter au Ciel ces pauvres malheureux qui n'avaient rien fait de leur vivant hormis crever de faim et se tuer au travail pour les autres ? Les saints et les anges, eux, je sais qu'ils existent, je les ai vus de mes yeux vus, et je suis dévouée à la Vierge, qui a exaucé tous mes vœux, mis à part ceux que j'ai faits pour ma petite-fille, j'ai bien senti que c'était impossible. Mais pourquoi un Dieu aurait-Il envoyé ces gens-là en enfer si l'enfer, ils le vivaient déjà dans ces grottes de la mort, sans rien pour se remplir le ventre ? C'est peut-être pour ça, parce qu'ils avaient déjà connu le feu éternel dans ces limbes, qu'Il les abandonnait là sans qu'ils aillent ni en haut ni en bas et surtout pas au Ciel, qui est peuplé d'évêques et de gens raffinés ayant de quoi s'offrir des messes et des enterrements. Qu'est-ce qu'ils auraient fait au Ciel, ces miséreux ? Alors voilà, ils restaient prisonniers des décombres, et passé un certain temps l'un d'eux venait à la maison et se cachait dans le placard. Tous ceux qui sont parvenus jusqu'ici sont restés, je n'ai pas le cœur de les chasser.

Mon père ne s'approchait jamais des grottes, pas même lorsque le tumulte de l'éboulement réveillait le village et que les hommes accouraient pour compter les corps qui affleuraient à la surface de la terre. Ces gens-là soulevaient le cœur, même quand ils étaient morts. Mon père avait trop peur d'attraper des punaises et des poux et de se faire contaminer par la pauvreté, elle aussi contagieuse. Il méprisait ces gens avec toute la haine qu'il avait dans les tripes, qui en contenaient une bonne quantité.

Longtemps après, alors que les grottes n'existaient plus parce que ces démunis étaient allés à la capitale pour occuper d'autres logements miteux, cette fois sous le ciel et non plus sous la terre, j'ai appris qu'il avait grandi dans un de ces trous. C'est la raison pour laquelle de nombreuses mères détestent leurs enfants en secret et c'est pourquoi ici, dans cette maison, nous nous sommes mutuellement empoisonné la vie car on n'apprécie pas ce qui nous ressemble. Tous ces déshérités lui rappelaient sa mère, ses mains couvertes d'engelures à force de laver le linge des autres à la rivière ; et son père, qui s'était vidé de son sang à la suite d'une hémorragie à l'estomac causée par l'ingestion de pois chiches crus qu'il avait volés dans un champ, ne supportant plus la faim. En quittant la grotte grâce à une équipe de tondeurs de moutons qui l'avaient pris comme apprenti, mon père se jura de ne jamais y revenir. Et il tint parole, il ne fit même pas le déplacement pour l'enterrement de sa mère, deux ans plus tard. Il a toujours été fidèle à ses détestations.

Il sillonnait toute la péninsule en compagnie des tondeurs. Ils entamaient la saison en Andalousie et la finissaient en France. Ce n'était pas une mauvaise vie pour quelqu'un issu des grottes, les garçons dépensaient leur salaire quotidien partout où ils le pouvaient, et quand ils n'avaient rien dans les poches, ils descendaient chasser les rats à la rivière. Mais mon père n'aimait pas ça. Il n'était pas fait pour sentir l'étable ni retirer les tiques de sa peau.

C'était mieux que son ancienne demeure, mais ça ne lui suffisait pas. Il aspirait à porter des chemises neuves, des chaussures bien cirées, des pantalons repassés avec un pli au milieu. Loin d'être bête, il savait pertinemment qu'il ne deviendrait jamais un bourgeois, mais il savait aussi qu'il n'avait pas envie de travailler pour des maîtres. Il ne voulait pas tondre leurs troupeaux ni labourer leurs terres, ne voulait pas vouvoyer leurs enfants ni ramasser le gibier de leurs chasses à courre. Il détestait les riches, mais d'une autre manière. Non parce qu'ils lui rappelaient ce qu'il était, mais parce qu'ils lui montraient ce qu'il ne serait jamais.

Dans une étable pleine de moutons, il prit une décision et envisagea de faire ce que font les hommes qui n'aiment pas ce qu'ils sont : se servir des plus faibles qu'eux. Lui qui toute son existence avait cru ne rien posséder s'aperçut qu'il s'était trompé. Il avait du pouvoir, un petit pouvoir fuyant, certes, une sorte de limace qui lui glissait entre les doigts à la moindre inadvertance et laissait une traînée de bave épaisse et salissante, mais qui lui suffirait pour arriver à ses fins.

Il y eut d'abord Adela. Elle ne lui coûta pas grand-chose, une robe bon marché et un flacon d'eau de Cologne rapportés de Cuenca. Mon père n'était pas joli garçon, mais d'une étable à l'autre il avait appris certaines choses. Les mots à employer, la conduite à adopter. Il faut dire que c'était un jeu d'enfant. Adela n'était qu'une petite sotte qui n'avait jamais rien eu de beau. Moi aussi j'étais sotte, mais j'ai eu la chance de ne pas croiser sur ma route un homme tel que mon père.

Adela crut tout ce qu'il lui disait. Qu'il lui prendrait le bras en se promenant avec elle, qu'il l'emmènerait danser à des fêtes, lui achèterait des amandes caramélisées et des bonbons durs. Qu'il irait voir son père pour tout organiser dans les règles, qu'ils se fianceraient puis se marieraient à l'ermitage, qu'il lui ferait des enfants et donnerait son prénom à l'aîné. Sûr qu'elle devait le trouver magnifique, qu'elle se fichait qu'il ait le nez tordu et les lèvres fines dont tout le monde se demandait de qui il les tenait, car dans sa famille les gars étaient séduisants, grands et charmants malgré la faim et les malheurs qui les avaient frappés. Il ne fallut que trois mois à mon père pour faire tomber Adela dans le piège qu'il referma ensuite à clé.

Avec Felisa il dut déployer davantage d'efforts. Elle n'était plus une gamine, elle n'ignorait pas que les hommes mentent et exagèrent pour satisfaire leurs désirs, qu'il ne faut pas croire un tiers de ce qu'ils racontent et que le reste c'est du flan. Les cadeaux pas chers et les belles paroles, ça ne marchait pas avec Felisa. Elle n'avait pas confiance en lui, n'était pas dupe de son baratin. Le temps avait laissé des marques sur son corps, et quoi qu'il dise elle savait que lorsqu'il la regardait il voyait ses seins tombants, ses pattes-d'oie et sa chair flasque. Un homme de dix ans son cadet s'intéressant à elle avait forcément une idée derrière la tête. Tous attendaient quelque chose, plus encore lorsqu'ils badinaient avec une femme plus toute jeune et flétrie. Mais Felisa était seule, sans famille, elle avait perdu son mari de la fièvre qui décimait les pauvres. Elle avait élevé un garçon né sur le tard, apathique, qui pleurait toute la journée et toute la nuit, tantôt de faim, tantôt de froid ou du fait d'une solitude monstrueuse qui se traînait dans la maison comme une poule à moitié égorgée. Felisa ne crut pas mon père mais elle voulut le croire, ce qui revient quasiment au même. Quand elle se rendit compte de son erreur, le piège s'était également refermé sur elle à double tour.

Puis il y en eut d'autres. María, enfuie de chez elle après avoir reçu une trempe de son père qui l'avait rendue boiteuse. Joaquina, qui en avait eu assez que le fils de la maison la coince dans la cuisine pour la tripoter. Juana, amenée par sa propre mère qui avait trop de bouches à nourrir. Je ne sais pas si mon père en a aimé certaines ou s'il les a détestées, le connaissant c'était à peu près pareil. Il installa un moment Adela et Felisa dans une écurie aux abords du village. Il y avait mis une paillasse et une bassine, et elles travaillaient à tour de rôle. Il patientait à l'extérieur, veillant à ce qu'aucun client ne dépasse le temps pour lequel il avait payé et n'abîme la marchandise en la tabassant. Les hommes réglaient au préalable, il prenait donc l'argent avant qu'ils entrent et faisait ensuite les comptes avec elles, qui étaient toujours perdantes mais évitaient de se plaindre, en partie parce qu'elles avaient peur, en partie par amour, ce qui là encore revient peu ou prou au même.

Par la suite mon père loua l'ancienne maison du meunier et agrandit son affaire. Il y avait de plus en plus de clients et ils ne pouvaient pas attendre à l'extérieur, car pendant ce temps-là certains se repentaient et retournaient auprès de leur femme, et d'autres se soûlaient, devenaient violents et il fallait les chasser en les frappant. Quoi qu'il en soit il n'eut jamais plus de quatre filles simultanément. L'établissement aurait pu en accueillir davantage, mais mon père savait que les riches détestent la cupidité des pauvres, et que sans l'approbation des bourgeois il n'aurait pas pu rester ouvert. Il aurait suffi d'un regard, d'une expression de mécontentement, d'un commentaire adressé à la bonne personne pour que les agents de la Guardia Civil ordonnent la fermeture et mettent mon père sous les verrous, ou lui administrent une raclée et le laissent pour mort, ce qui une fois de plus n'était guère différent. Mieux valait qu'il les satisfasse et n'attire pas l'attention, qu'il se garde d'arborer des tenues plus luxueuses que celles réservées à sa condition, qu'il n'ait pas un portefeuille plus rempli que le leur. Chacun devait rester à sa place, et mon père savait que l'argent aime l'ordre et préfère les sourires serviles aux coups d'œil bravaches. Je pense que c'est pour ça qu'il a épousé ma mère. Pour respecter l'ordre, sauver les apparences.

Ses raisons à elle, en revanche, m'échappent. Elle est peut-être tombée amoureuse et s'est dit qu'il changerait une fois marié. À l'époque, nous autres, les femmes, étions à ce point idiotes. Elle y vit peut-être une aubaine pour ne pas devenir domestique à Madrid, où la patronne se moquerait de son accent auprès de ses amies venues prendre le café, et où le patron aurait pitié de son côté péquenaud et simplet et lui dirait qu'elle avait bien de la chance d'avoir pu aller à la ville avec eux. Ce qui est sûr, c'est que ma mère connaissait l'activité de mon père, qui n'était un secret pour personne au village. Elle s'imaginait peut-être qu'il venait en aide à ces malheureuses, leur évitait d'être volées ou battues à mort. Peut-être se moquait-elle qu'il empoche leur argent, qu'il leur raconte qu'il les aimait et leur passerait un jour la bague au doigt. Il se peut qu'elle ait été flattée d'être l'objet de la seule promesse de mariage qu'il avait honorée, un mensonge pour les autres, une vérité pour elle. Ce n'était pas une beauté, elle avait le front trop haut et des yeux rapprochés, mais mon père l'avait choisie et elle avait sans doute été ravie de se sentir supérieure. Quoi qu'il en soit, quelles qu'aient été ses raisons, elle regretta très vite sa décision.

La maison fut son cadeau de noces. C'était une construction imposante pour un village comme le nôtre, où certains passaient l'hiver à se tordre sous l'effet de spasmes et à saliver parce qu'ils n'avaient que du gruau de gesses à se mettre sous la dent, mais mon père, qui avait toujours su prendre la mesure des choses, avait veillé à ce que ses dimensions restent raisonnables afin de ne pas devenir une menace aux yeux des bourgeois. L'intérieur de la demeure était lui aussi ravissant. Mon père avait commandé des portes sculptées à la main, des draps brodés et des meubles venus de la capitale. Il avait toujours eu un goût très sûr ou s'était débrouillé pour choisir des objets qui le faisaient passer pour un homme élégant.

Ma mère fut enchantée. Elle n'avait jamais vécu dans un endroit pareil, où le soleil du matin faisait briller les carreaux et étinceler les murs. L'air pénétrait par les fenêtres et les persiennes limitaient la chaleur en été et le froid en hiver. La cuisine était vaste et lumineuse, devant la porte d'entrée mon père avait planté une treille afin de dispenser de l'ombre. Mais ce qui plut par-dessus tout à ma mère, c'était la lumière électrique. Elle n'avait jamais vu ça hormis les fois où elle avait regardé au travers des rideaux chez les sœurs Adolfinas ou chez les Jarabo. Elle promenait d'une pièce à l'autre l'unique ampoule au bout d'un long fil, rien à voir avec les luminaires des Jarabo qui flamboyaient comme des auréoles de saints, ou les lustres en cristal suspendus au plafond du salon des Adolfinas, mais c'était autrement mieux que les lampes à suif qui répandaient une lueur faiblarde, comme décharnée.

Quand ils emménagèrent après leur mariage, ma mère comprit aussitôt qu'on lui avait tendu un piège. On lui avait menti à elle aussi. Peu importait la raison pour laquelle elle avait épousé cet homme, que ce soit par orgueil, par amour ou pour avoir de quoi manger, elle n'était qu'une cruche qu'il avait bernée comme les autres femmes. Mon père était peut-être allé au bout de ses engagements, mais elle ne tarda pas à découvrir qu'il était encore plus dangereux quand il tenait parole.

En vérité la maison était peuplée d'ombres logées dans chaque brique, sous chaque carreau de faïence. Elles apparaissaient dès que ma mère ouvrait le placard de la cuisine. Elles montaient du fond obscur du puits, rampaient sous la table, erraient dans les couloirs. Elle les entendait respirer près du lit, guetter derrière toutes les portes. Oh, saint Benoît, éloigne ce mal de chez nous et je t'adresserai une neuvaine à genoux ! s'écriait-elle. Chasse-le et je monterai jusqu'à l'ermitage pieds nus ! Mais au lieu de partir, les ombres se multipliaient. Saint Cyprien, qui protège du mauvais œil, se révéla inefficace, de même que saint Alexis, qui évite aux mortels d'avoir des ennemis et leur épargne la jalousie. Elle les priait pourtant tous les soirs. Emporte ces démons, mon Cyprien ! suppliait-elle quand elle percevait le souffle d'une ombre au bord du lit. Mais rien n'y faisait, et plutôt que disparaître elles s'étendaient davantage.

Les coups se mirent bientôt à pleuvoir. Ma mère ne m'en a jamais parlé, c'est Carmen qui me l'a dit après l'avoir entendu au village. Autrefois, on ne racontait pas ces choses-là à voix haute, même si tout le monde était au courant. Avec un peu de chance, tes frères et ton père collaient une bonne avoinée à ton homme afin qu'il n'ait pas la main aussi lourde la fois suivante, ce qui était arrivé au mari d'Antonia, que la raclée qu'il s'était prise dans l'oliveraie avait laissé idiot à vie. Si tu jouais de malchance, les gars de ta famille se chargeaient de te faire taire pour que tu ne provoques pas d'esclandre. Ma mère avait pour frères deux gamins maigrichons à qui elle donnait des galettes et du pain pour qu'ils ne meurent pas de faim, et honteuse ou trop fière elle se garda de confier ses malheurs à son père, qui n'aurait de toute manière pas levé le petit doigt, car pour lui elle était morte le jour où elle avait épousé un marlou, elle n'avait donc que ce qu'elle méritait.

Si elle avait cru qu'elle valait mieux que ses congénères, mon père lui fit ravaler son orgueil en la passant à tabac. Elle était comme les autres, recevait les mêmes trempes qui la pétrifiaient du même effroi. Il avait bouclé les filles dans une maison, sa femme dans une autre. Il ne la lui avait pas offerte mais l'avait condamnée à y vivre. Elle avait été bâtie sur le corps de ces filles et s'élevait au-dessus du corps de ma mère. De sa douleur et de sa peur. Plus qu'un cadeau c'était une malédiction.

Mon père ignorait cependant qu'il allait finir enfermé dans la prison qu'il s'appliquait à construire. Lorsque ma mère comprit qu'elle ne s'échapperait jamais de ces murs, elle cessa d'implorer les saints et commença à s'entretenir avec les ombres. Dès qu'elle les entendait susurrer sous le lit ou épier derrière la porte, elle leur chantait des chansons comme à des petits enfants. Endors-toi, mon chéri, endors-toi sans tristesse, ta maman veille sur ton berceau. Endors-toi mon petit, endors-toi mon amour, tu as la lune à tes pieds et le soleil à ton chevet. Alors les ombres s'apaisaient et s'immobilisaient. Elles durent se prendre d'affection pour ma mère et se mettre à détester mon père car la rancœur suintait de partout dès qu'il franchissait le seuil. On la sentait dans l'humidité des murs, les craquements des marches, le grincement des portes. Pour la première fois de sa vie il avait peur. Il se débarrassa de la hache pour fendre le bois, du tisonnier, des couteaux de cuisine. Il s'absentait pendant des périodes de plus en plus longues, des semaines pouvaient s'écouler sans qu'il rentre dormir.

Puis la guerre éclata. Mon père savait qu'il n'était pas fait pour aller au front, une chose étant de flanquer une raclée à une malheureuse, une autre de finir éventré dans un trou comme un cochon à l'abattoir. Quand il fut appelé sous les drapeaux, il demanda à ma mère de le cacher. Cette nuit-là, ils montèrent une cloison dans la chambre à l'étage, derrière l'armoire, créant ainsi un réduit sans porte de trois mètres carrés à peine, avec une petite ouverture près du sol que l'armoire dissimulait facilement. Mon père demeura à l'intérieur, ma mère plâtra et chaula le mur avec toute l'application dont on fait preuve lorsqu'on réalise des travaux d'importance.

Les premières semaines, elle lui passait sa nourriture par le trou, changeait le seau d'eau qui lui permettait de faire sa toilette avant d'y déféquer. Il était persuadé que la guerre ne durerait pas, qu'au bout de quelques semaines les auteurs du putsch auraient raison du gouvernement ou le gouvernement des auteurs du putsch, ça lui était égal, car des putes et des maquereaux, il y en a toujours eu et il y en aura toujours, aucun commerce n'est plus prospère que celui-là. Mais à la radio s'amorça un autre discours. Madrid ne tombait pas, cependant le gouvernement ne parvenait pas à contrôler le pays. Mon père martelait le mur, maudissait ma mère, devenait fou de rage dans sa cellule. Au village, les seuls hommes à être encore là étaient les vieux et les impotents. Le mari de Paca avait mis un pied dans le feu pour échapper à l'armée, mais on l'avait quand même emmené. Son frère avait dénoncé sa traîtrise et sa lâcheté et on était venu le chercher. Nul ne savait où on l'avait conduit pour qu'il porte le fardeau de sa honte de poltron et de froussard, le fait est qu'on ne l'avait jamais revu. Ma mère informait mon père de tout ça à travers le mur, il ne l'écoutait pas. Il voulait sortir de là vaille que vaille, s'il le fallait il irait jusqu'en France à pied, se cacherait dans la montagne. Je vais te démolir quand je t'attraperai si tu ne m'apportes pas la masse, murmurait-il de l'autre côté de la cloison. Pour ne pas l'entendre gratter l'enduit entre les briques toute la nuit, crcrcrcrcr, ma mère dormait sur la banquette de la salle à manger. Je vais te massacrer, espèce de salope, même ton père ne te reconnaîtra pas, disait-il en projetant le seau plein de merde contre le mur.

Il criait et jurait de plus en plus fort, de sorte que ma mère eut peur qu'un voisin l'entende. Il y avait des yeux partout et partout des oreilles, même sur cette friche loin du village où la maison avait été édifiée. Alors les ombres chuchotèrent quelque chose à ma mère. Elles lui mirent une de leurs idées dans la tête. Ce soir-là, quand mon père s'endormit, elle boucha l'ouverture avec des briques et du mortier. Quelques jours plus tard, les cris s'étaient tus. Mon père était devenu une ombre supplémentaire dans la maison.

Ma mère accoucha cinq mois plus tard. Je suis née ici, dans cette chambre dont les murs ont englouti mon père. Lorsqu'elle se releva de couches, elle vendit tout ce que contenait son foyer. Les meubles chers en bois massif, les couverts bien polis, les nappes brodées. Elle ne conserva que l'armoire, les murmures qui en sortaient lui donnaient l'illusion d'une compagnie. Elle n'en obtint pas une fortune, la guerre progressait et tout le monde essayait de vendre ses biens, mais elle tira un bon prix de ses dentelles, qu'elle vendit aux sœurs Adolfinas, qui à ce stade avaient compris qu'elles et les gens de leur classe seraient les vainqueurs du conflit. Elle distribua une partie de la somme récoltée aux femmes qui avaient travaillé pour mon père et s'acheta une machine à coudre avec le reste. Il ne nous avait rien laissé. Ma mère fouilla méticuleusement mais ne trouva même pas un triste douro oublié au fond d'une poche. Elle ne sut jamais s'il avait entassé son magot ailleurs ou s'il l'avait dilapidé en chemises chics et en faveurs encore plus onéreuses. Avec ce genre de canaille, il pouvait tout aussi bien s'agir de l'un ou de l'autre.

Il nous avait en revanche légué trop d'orgueil pour que nous puissions avoir un maître. Ma mère n'était pas prête à servir quelqu'un ni à passer ses journées à labourer dans les champs d'autrui. Elle savait faire la cuisine et le ménage, voilà tout, mais rien ne l'empêchait de se lancer dans une activité différente. Elle décousit les vêtements de mon père, étudia les coupes et les patrons, s'exerça aux points invisibles, à la découpe du tissu qu'on ajuste sur une silhouette et qu'on assemble de manière à mettre les formes d'un corps en valeur ou à cacher ses défauts. Elle procéda ensuite de même avec ses robes et ses jupes. En quatre mois, elle était devenue une modiste compétente, suffisamment pour être en mesure de prendre des commandes.

À la fin de la guerre elle prit le deuil. Personne ne posa de questions au sujet de mon père, chacun avait bien assez de ses propres ennuis. Celui que le malheur n'avait pas frappé d'un côté l'était de l'autre. Celui à qui on n'avait pas annoncé la mort de son fils en prison était emmené en « promenade ». La Vierge de la Colline le sait, elle a tout vu. Ils furent nombreux à être précipités au fond du ravin de l'ermitage. Oh, petite Vierge, comme ils rebondissaient sur les rochers ! Je n'avais que quatre ou cinq ans, mais ces scènes resteront toujours gravées dans ma mémoire.

Ma mère ne quitta jamais le deuil et ne se remaria pas. Elle s'autorisait de temps en temps un léger relâchement : une jupe à petites fleurs blanches sur fond noir, un corsage d'un bleu très foncé. Les hommes affluèrent, plus d'un parcourut le chemin depuis le village pour venir lui parler devant la grille, mais elle les chassait à grands cris, leur demandant s'ils n'avaient pas honte de tourner autour d'une veuve qui portait encore le deuil. Aucun ne franchit le seuil de la maison. Elle n'avait eu qu'un homme et c'était bien assez. Quand on est seule et pauvre, on ne peut pas se permettre de refaire deux fois la même erreur, ça aussi, nous le savons parfaitement dans cette maison.

À compter de la nuit où elle avait bouché l'ouverture de la chambre secrète, ma mère comprit qu'elle était possédée par les ombres. Elle ne les entendait plus seulement derrière les rideaux ou les portes mais aussi dans sa poitrine, au plus profond de ses entrailles. Lorsqu'elle plaquait l'oreille contre mon ventre, elle les percevait également en moi. Elle prit conscience qu'elles grandiraient en nous, s'enrouleraient autour de nos viscères sans que nous puissions les arracher. Tout a un prix et tel était celui qu'elle devait payer.

Longtemps après, à la naissance de ma fille, j'ai étudié chacun de ses gestes. Je l'épiais derrière les portes pendant qu'elle jouait avec ses poupées, l'observais dans son sommeil, marchais dans son sillage quand elle sortait. J'ai veillé sur elle jour et nuit au fil des années, attentive aux bruits qui s'élevaient de ses organes internes ou s'échappaient de ses tympans. Je posais ma tête sur sa poitrine ou une oreille sur son front. Je cherchais à retrouver ce qui résonnait dans ma tête, ce murmure de cigales ou de prières, ce grattement d'ongles ou de termites. Mais je n'ai jamais rien perçu. J'ai fini par me convaincre que ces choses s'étaient glissées en moi parce que j'étais dans le ventre de ma mère lorsqu'elles l'avaient possédée, et que tout avait pris fin avec moi. Oh, petite Vierge, quelle imbécile j'étais !

Une longue période s'est écoulée, au cours de laquelle je n'ai plus repensé à cela, pas même lorsque ma fille a disparu. Je connaissais les coupables, qui devaient payer pour ce qu'ils avaient fait. Cette fois, c'est moi qui réclamerais mon dû, moi qui de mon vivant n'avais fait qu'honorer les dettes d'autrui. Mais quand ma petite-fille est entrée au service des Jarabo, j'ai su que tout ce temps je m'étais leurrée. Le mal n'était pas parti, elle le portait en elle, nous le portons en nous depuis notre venue au monde, il s'agrippe comme une mauvaise herbe et il ne nous lâche plus.

Ma petite-fille a menti à la Guardia Civil, au juge et à vous. Moi elle ne peut me berner ni sur ce point car j'ai tout vu, ni sur le reste car je connais la *carcoma,* ce ver qui la ronge, ce prurit dans la poitrine, pareil à un cheval sur le point de ruer mais qui n'en fait rien, rien, et qui en fin de compte ne s'emballe pas. Écoutez-moi, c'est moi qui vais vous raconter ce qu'elle a fait, vous n'êtes pas venus jusqu'ici pour entendre des bobards et peu m'importe ce qui arrivera. L'enfant n'est pas sorti seul de la maison, il ne s'est pas perdu à cause d'une inattention de sa part. C'est elle qui lui a ouvert la porte.

3

Un mois avant les événements j'ai commencé à avoir mal à une molaire, en haut, au fond de la bouche. Ce n'était pas grand-chose au début, une piqûre d'aiguille, une morsure de pince-oreille. J'ai essayé de l'observer dans le miroir, glissé mes doigts dans ma bouche, séparé mes joues des gencives en m'éclairant avec la lampe de mon portable mais elle était trop loin. Je voyais de la chair rose, des rangées de dents bien plantées, des bulles de salive mais pas la molaire en question. Puis elle cessait d'être douloureuse, je n'y pensais plus et reprenais ma vie, qui n'est pas grand-chose non plus, une piqûre d'aiguille ou une morsure de pince-oreille.

Quelques jours après la douleur n'était plus épisodique, elle s'agrippait à ma mâchoire comme une de ces grosses tiques jaunes qu'il faut extirper de la peau des chats en tirant dessus avec force tout en gardant son calme. Ses filaments traversaient mon palais et grimpaient jusque dans mes orbites. Quand je passais ma langue dessus je ne remarquais rien d'anormal, ni le goût amer du pus ni la chair amollie de l'inflammation ni le trou d'une carie. J'introduisais ma main jusqu'au fond, palpais ma gencive à la recherche d'un flegmon ou d'un abcès, tripotais la molaire du bout des doigts en essayant de localiser l'arête tranchante de l'émail brisé sans constater aucun changement, rien qui explique cette douleur vraiment monstrueuse.

La vieille me regardait dès que je fermais les yeux, gémissais et m'adossais contre le mur ou l'encadrement de la porte, incapable de me soutenir. Elle m'observait en silence, attentive au moindre signe de souffrance sur mon visage. Je sentais ses yeux rivés sur moi-même quand la porte était fermée, pendant que je mettais les doigts dans ma bouche pour tâcher d'apercevoir quelque chose dans le miroir de la salle de bains. J'allais parfois si loin que j'atteignais la chair molle au début de la gorge, le dégoût montait et j'avais des nausées. Je les supportais comme je pouvais, mais à chaque fois que je réprimais un haut-le-cœur j'entendais la vieille s'approcher davantage de la porte. J'entendais sa tête frôler le bois, son oreille flasque et ridée plaquée au vernis, cette oreille de chair amorphe qui me fout la gerbe, ce lobe pendouillant qui me fait horreur parce qu'un jour viendra où mes lobes seront comme les siens.

La douleur s'intensifiait, ma tête paraissait pleine d'éclats de verre, pleine de ciseaux. J'ai téléphoné aux Jarabo pour annoncer à Madame que j'étais malade et que je ne pourrais pas venir m'occuper de leur fils, elle m'a dit de ne pas m'inquiéter, elle m'a dit remets-toi mais au ton de sa voix je savais qu'elle calculait le montant qu'elle soustrairait de ma paie. Nous n'avions pas d'argent pour aller chez le dentiste, d'ailleurs ici il n'y en a pas, il n'y a que des maisons à moitié croulantes et des gens à moitié croulants, mais dans le village d'à côté les choses s'écroulent moins vite et on peut encore se faire arracher une dent. J'ai acheté les calmants les plus puissants qu'on a bien voulu me donner sans ordonnance à la pharmacie et le lendemain j'avais déjà doublé la dose recommandée dans la notice. La douleur n'est pas entièrement partie mais j'y prêtais moins d'attention et tout s'éloignait de moi en flottant, y compris les regards de la vieille, y compris ses oreilles.

Quand j'émergeais un peu des vapes des calmants, je me levais de mon lit et errais d'une pièce à l'autre. La maison était baignée de brouillard, parfois si épais que je distinguais à peine les objets qui étaient devant moi et les heurtais, alors la douleur quittait un moment ma dent pour descendre dans mon pied, mon genou ou ma hanche et je chopais un bleu noir de chez noir. Certains jours la brume s'écartait sur mon passage et je voyais les ombres m'observer depuis l'embrasure des portes ou le palier. Je n'en avais jamais vu autant et je ne les ai plus jamais revues, mais la vieille m'a dit qu'elles sont bien là et qu'après la guerre c'était encore pire. Pour ça je la crois, mais pour d'autres choses non, et elle peut toujours me traiter de menteuse, elle qui garde pour elle tout ce qui l'arrange.

Elle s'est mise à me suivre partout où j'allais, marchait

derrière moi dans les couloirs dès que je sortais du lit et qu'elle me voyait trébucher contre les meubles, chercher les murs des mains et descendre l'escalier à tâtons, s'attendant à ce que je tombe à tout instant. Jour et nuit elle m'observait, même quand je dormais. Je sentais sa présence à mon chevet dans une veille incessante, à l'affût comme une couleuvre ou une scolopendre cachée entre les pierres.

Une nuit je me suis réveillée en sursaut. J'avais pris les cachets des jours précédents mais le mal qui me lançait m'avait tirée du sommeil. Je l'ai vue dès que j'ai ouvert les yeux, puis j'ai senti ses doigts froids et osseux dans ma bouche. Penchée au-dessus de moi la vieille me palpait les gencives, la langue, l'émail des dents. Elle fourrageait en moi à deux mains de tous ses doigts en faisant une tête de boucher. En constatant que j'étais réveillée elle a retiré ses mains qu'elle a essuyées sur sa chemise de nuit, puis elle s'est couchée. J'avais envie de me lever pour la prendre par les cheveux et la traîner hors du lit en criant qu'est-ce que tu m'as fait sale vieille de merde mais les nausées m'en ont empêchée. Les calmants faisaient effet et j'étais de nouveau dans le coton, pouvant à peine bouger et garder les yeux ouverts. Je ne voulais pas m'endormir de peur qu'elle trifouille encore dans ma bouche, mais je n'y suis pas arrivée.

J'ai repris conscience de longues heures plus tard, en pleine après-midi, les draps collés au corps, les cheveux emmêlés et gras. Je m'étais tellement habituée à la douleur que souffrir ou ne pas souffrir m'était égal, si bien que j'ai mis quelques minutes à m'apercevoir qu'elle avait disparu. Je ne sentais plus rien, pas la moindre petite gêne. Je me suis levée et j'ai poussé la porte de la chambre, prise de nausées dans tout le corps, persuadée que j'allais vomir, mais je n'avais rien dans le ventre car ça faisait des jours que j'étais incapable d'avaler la ragougnasse de la vieille, la phobie, la répugnance qu'elle m'inspirait étant pires que mon manque d'appétit habituel. Dans le couloir la brume s'était dissipée, ne restaient que la rancœur et le ressentiment de toujours agglomérés aux murs et au sol comme des dartres, comme des croûtes.

J'ai cherché la vieille dans toute la maison. La marmite était sur le feu mais elle nulle part. Je ne l'ai pas trouvée dans ses cachettes, le coffre était vide et le placard rempli de conserves qu'elle avait dû faire pendant que j'étais dans le mal. Je n'ai pas regardé sous le lit parce que je ne veux pas déranger, de toute manière elle n'y était pas, le bout des chaussures qui pointaient était râpé et le talon usé. J'ai ouvert la porte d'entrée et suis allée dans la cour. La lumière du soleil m'a fait fermer les yeux. J'avais perdu le compte des jours passés sans mettre un pied dehors. J'ai écarté mes cheveux en bataille, me suis assise sur le banc de pierre. Je puais la transpiration et la maladie et j'avais encore maigri, mes os affleuraient sous la peau.

J'étais en train de me palper les côtes quand j'ai entendu du bruit. Une fille se tenait à quelques mètres de la grille, sur le chemin de terre qui mène à la maison. Elle portait un jean taille haute et un T-shirt blanc à manches courtes. Ses cheveux noirs et raides lui arrivaient presque jusqu'aux fesses. C'était apparemment une adolescente, elle n'avait pas plus de dix-sept ou dix-huit ans. Elle se tenait trop loin pour que je distingue les traits de son visage, qui me rappelait néanmoins quelqu'un, peut-être que je l'avais déjà vue. Dans ce village de merde on se connaît tous mais là c'était différent, elle n'était pas d'ici ou en tout cas pas de notre époque.

Elle semblait paumée, debout au milieu du chemin, en ayant l'air de ne pas se rappeler où elle allait. Elle a pivoté, fait deux ou trois pas pour s'arrêter aussitôt. Elle regardait autour d'elle, incapable de se décider. Elle donnait l'impression d'être perdue, de chercher quelque chose qu'elle ne trouvait pas ou de ne même pas savoir ce qu'elle cherchait. Je me suis approchée de la barrière pour lui demander ce qu'elle voulait, si je pouvais l'aider, lui donner ne serait-ce qu'un verre d'eau, parce qu'à cette heure le soleil embrasait, calcinait, bousillait tout mais je n'ai pas eu le temps, elle s'éloignait déjà et a vite disparu le long d'un sentier pentu.

Je me suis retournée et j'ai regagné la maison. J'avais besoin de me doucher, de me débarrasser de toute la sueur, la graisse, la crasse que j'avais accumulées. J'ai vu que la vieille avait suspendu une image pieuse à la treille. Saint Sébastien ligoté à sa colonne, le corps et la tête transpercés de flèches, beau comme un hortensia ou un volcan, le visage défait par la douleur, la chair déchirée par ses blessures, le torse affaissé par les tortures qu'il avait endurées, un foulard couvrant à peine son sexe, le regard suppliant, implorant la miséricorde du Ciel pour obtenir du réconfort ou sait-on jamais une vengeance qui n'aurait pas lieu.

Oh, ma fille, tu vas mieux ! s'est exclamée la vieille dans mon dos en ouvrant la grille. Elle apportait un sac rempli de bettes et avait les ongles noirs de terre mais les chaussures impeccables, à croire qu'elle venait de les cirer. Elle a regardé l'image, puis moi, et a dit le petit saint a emporté ta douleur. Mouais, ai-je soufflé histoire de ne pas rester sans rien dire, car j'accepte les dingueries de la vieille sans y croire pour autant. Sébastien soigne les maladies et fait disparaître les fléaux, a-t-elle ajouté, ce qui m'a mise en colère. Quel fléau pourrait venir de l'extérieur et être pire que celui qui nous ronge, ai-je sifflé, et elle m'a lancé un de ses regards qui fout la trouille aux villageois, comme si elle te perçait à jour, et qui avant me faisait baliser moi aussi, mais plus maintenant, plus depuis que ce qui est arrivé est arrivé.

Quand je suis sortie de la douche elle avait rempli deux bols de sa soupe. J'ai promené ma cuillère dedans et vu des pois chiches au fond. J'étais tellement affamée que le dégoût des derniers jours s'est dissipé et je ne pouvais plus m'arrêter de manger. J'ai vidé un bol, me suis resservie. Au troisième j'ai commencé à avoir la nausée, mon estomac était trop vide pour supporter autant de bouffe mais j'ai continué. Puis j'ai senti quelque chose dans ma bouche, une sorte d'os dur et lisse qui a heurté mes dents. J'ai recraché ma bouchée à peine mâchée et cherché au milieu des pois chiches pour découvrir une molaire entière à la racine intacte, sans trace de caries ni rien d'abîmé. J'ai exploré mes gencives du bout de la langue jusqu'à parvenir au fond de ma bouche. À l'endroit qui m'avait fait souffrir tout ce temps il n'y avait plus qu'un trou.

Ta mère disait que cette maison fait tomber les dents, a dit la vieille en se levant pour mettre son bol dans l'évier. Je sais, tu me l'as raconté des milliers de fois, ai-je répondu sans la regarder pour éviter d'avoir des relents d'amertume. Mais tu ne m'as jamais crue, a-t-elle rétorqué. Là je l'ai regardée, elle n'est pas la seule à avoir le don de percer les autres à jour, j'en suis capable moi aussi. Je l'ai découvert chez les Jarabo. Je posais les yeux sur eux et je voyais la rage, la frustration et la jalousie qui s'agloméraient dans leur sang. Même chez l'enfant, qui était pourtant petit.

Elle aimait vivre ici, ma mère ? ai-je demandé à la vieille. Elle a fait oui comme pour mettre un terme à la conversation, mais elle n'est pas la seule à déceler le mensonge, une sorte de tache jaune au fond des yeux. Elle t'avait dit qu'elle voulait s'en aller ? ai-je insisté, et là j'ai remarqué que la haine la gagnait elle aussi. Ta mère n'est pas partie, on l'a enlevée. Je sais mais elle était jeune, elle avait peut-être envie de faire des études, d'aller vivre ailleurs, de foutre le camp de ce village de merde, de s'éloigner de cette maison, de toi, ai-je lâché comme celui qui garde sa rancœur des années dans la gorge et la libère enfin. J'ai pensé qu'elle allait me sauter dessus, me tirer par les cheveux, me planter ses ongles dans la peau, mais non. J'ai vu qu'elle en avait envie mais j'ai également vu qu'elle s'affaissait, se délitait. Elle a débarrassé le pain et les serviettes qu'elle a rangés dans la huche. Tu n'as toujours pas compris ? a-t-elle soufflé en me tournant le dos. Quoi ? ai-je demandé en pensant que oui, elle allait me griffer, me secouer, me frapper, car on ne peut pas la titiller sans s'attendre à ce qu'elle bondisse. Mais il n'y a rien eu de tout ça, il n'y a eu que du découragement et un peu de colère, très peu, juste assez pour qu'elle me dise tu n'as toujours pas compris que personne ne quitte cette maison.

Cette nuit-là je n'ai pratiquement pas fermé l'œil. Je ne pouvais pas m'empêcher de passer ma langue dans le trou laissé par la molaire. La chair de la gencive était souple, elle n'avait pas encore cicatrisé. J'ai touché une à une mes dents avec mes doigts pour voir si elles bougeaient, si elles seraient toutes tombées à mon réveil, si j'allais devoir les cracher dans les toilettes. Combien de dents avait perdues ma mère pour dire ça, combien de dents avait-elle trouvées dans la soupe, sur l'oreiller ou dans le lavabo ?

Le lendemain matin mon sommeil a été interrompu par le bruit de la grille. J'ai pensé que la vieille avait dû sortir tôt, mais en me redressant j'ai vu qu'elle était au lit. Je me suis levée, j'ai regardé par la fenêtre. Rares sont les gens qui viennent nous voir, d'autant moins à cette heure, qui est celle du repentir ou de l'espoir et non de l'angoisse. À cette heure ils regrettent ce qu'ils ont fait la veille au soir ou se bercent d'illusions pour la journée à venir, qui ne leur a pas encore empoigné le cœur, ça, ça vient ensuite, pas beaucoup plus tard mais juste un peu. Et ils ne viennent chez nous qu'après avoir tout tenté, quand le jour, la semaine et même les années les ont rattrapés, quand ils n'ont plus d'autre solution que supplier la vieille de prier les saints ou les morts, ça ne fait guère de différence. Ils croient l'écouter elle mais ils ignorent que ce sont eux qui lui parlent.

La fille que j'avais vue la veille était là, habillée pareil et tout aussi perdue. Elle tournait le dos à la maison, comme si elle n'était pas certaine d'être arrivée au bon endroit ou se demandait si elle devait s'en aller. L'impression de la connaître de quelque part m'a de nouveau prise aux tripes, mais je ne savais pas d'où. Je sentais que j'étais sur le point de me le rappeler, que d'un moment à l'autre j'allais m'en souvenir mais ça ne venait pas.

J'ai quitté la chambre, descendu l'escalier en silence, ouvert la porte d'entrée, écarté le rideau pour sortir. La cour était déserte. Je n'avais mis qu'une dizaine de secondes pour dévaler les marches mais la fille s'était volatilisée. Je ne la voyais pas sur le chemin de terre, aussi désert que d'habitude, et elle ne pouvait pas avoir atteint le sentier pentu dans ce laps de temps, pas même en courant. Elle avait dû se cacher. J'ai poussé la grille en inspectant les environs. Il n'y a pas de cachette possible dans cette friche, seulement des pierres, des chardons et des ronces, une terre brûlée par le soleil qui a donné tout ce qu'elle avait à donner et s'est épuisée.

Je suis revenue sur mes pas et j'ai regagné le patio. En levant les yeux pour tirer le rideau qui s'était coincé sur la barre, j'ai vu la vieille me regarder fixement par la fenêtre de la chambre. Je me suis demandé si elle avait vu la fille, si comme moi l'impression de la connaître la démangeait sans qu'elle sache où elle l'avait rencontrée, si elle aussi avait le sentiment d'avoir son nom sur le bout de la langue et que ce dernier s'échappait dans un pli ou un recoin.

Je suis rentrée et j'ai fermé la porte. L'air était dense et lourd, la température paraissait avoir brusquement augmenté de plusieurs degrés. Les poutres du plafond craquaient et partout dans la maison résonnait une vibration d'électricité sous tension, de câbles de tramway ou de voies avant le passage d'un train. À l'étage on entendait des bruits de meubles qu'on traîne de gonds qui grincent de pas rapides qui cavalaient de part et d'autre de la pièce puis s'immobilisaient avant de reprendre leur course.

Je me suis avancée vers l'escalier pour aller chercher la vieille, mais dès l'instant où j'ai posé le pied sur la première marche tout s'est arrêté. La maison s'était soudain tue comme si elle attendait quelque chose ou comme si quelque chose était sur le point de survenir. J'ai alors entendu frapper à la porte. Deux coups rapprochés, assenés de la jointure des doigts. Je suis retournée dans l'entrée, j'ai tourné la poignée.

Là, debout sur le seuil, écartant le rideau, le regard égaré, se tenait l'adolescente que je venais de voir. En observant son visage pour la première fois j'ai compris pourquoi elle m'était vaguement familière. J'avais vu ses photos à des centaines d'occasions. C'était ma mère.

4

Je vous l'ai déjà dit, personne ne quitte cette maison. Nous sommes piégées ici, nous et les ombres. C'est ce qu'affirmait ma mère. Nous sommes piégées ici jusqu'à ce qu'on nous emporte, me disait-elle. Jusqu'à ce que qui nous emporte ? Tous ceux qui se rendent dans les maisons pour effrayer les morts et les faire partir avec les saints.

Ma petite-fille refusait de le croire. Elle pensait pouvoir prendre le large dès sa majorité, faire des études à Madrid et ne plus revenir. Mais pour finir elle est restée. Où aurait-elle pu aller ? Qui aurait financé ses études dans la capitale ? Il faut être un bourgeois pour ça. Elle s'est renseignée sur les bourses mais on l'a vite détrompée. Ici on ne donne qu'à ceux qui possèdent déjà, on les soutient. Si tu n'as rien, on te donne l'équivalent, c'est-à-dire rien. On ne veut pas de femmes comme nous dans la capitale, ou bien pour faire les bonniches, pas des études. Et des bonnes, ils en ont déjà des tas. Ce n'est plus comme à ton époque, disait ma petite-fille, qui n'en a pas démordu jusqu'à ce qu'elle prenne elle-même conscience qu'elle avait tort. Nous on passe nos journées à chercher de quoi remplir notre gamelle, eux à prendre des poses, et il en a toujours été ainsi. Au bout du compte elle est restée, parce qu'ici au moins elle avait un toit et à manger. C'est ça, la famille, un endroit où on te fournit le gîte et le couvert, en échange de quoi tu es piégée avec une petite troupe de vivants et une autre de morts. Toutes les familles ont leurs morts sous les lits, la seule différence c'est que nous, on voit les nôtres, disait ma mère.

Mais moi je vois beaucoup d'autres choses qui échappaient à ma mère. La sainte m'est apparue quand j'avais six ans. Ma mère était allée se faire payer des commandes passées par les Adolfinas, promptes à donner des ordres mais lentes à honorer leurs dettes, comme tous les sales bourgeois qui pètent plus haut que leur cul. Aucune des trois sœurs ne s'était mariée, car en épouser une équivalait à les épouser toutes, or si elles étaient insupportables séparément, ensemble c'étaient de vraies plaies qu'aucun homme n'avait envie d'avoir à ses côtés. Bal après bal, toutes trois restèrent donc célibataires, et lorsqu'un prétendant posait les yeux sur l'une, les autres se chargeaient de le faire fuir. Elles occupaient le plus clair de leur temps à dépenser ce que leur avait laissé leur père, don Adolfo, qui s'était enrichi à Cuba en faisant du commerce d'esclaves. Il envoya ses filles et sa femme ici quand la guerre fut déclarée là-bas, elles arrivèrent avec sa fortune et leurs manières d'esclavagistes. Même les Jarabo ne traitaient pas leurs domestiques de la sorte, à coups de trique. Puis l'argent vint à manquer et les bonnes racontaient dans tout le village que les sœurs raccommodaient en cachette leurs robes rongées aux mites tout en menant grand train, comme de riches propriétaires terriennes. Elles se firent même construire une piscine avec une cabine pour se changer et tout un tralala encore jamais vu dans les parages en ce temps-là. Elles commandaient à ma mère du linge de table brodé et des draps de lin, et il fallait ensuite batailler des mois pour obtenir rétribution. Ma mère était allée récupérer son dû lorsque j'avais vu la sainte. Elle m'avait laissée seule à la maison, à carder de la laine, une tâche qui me dégoûtait car enfant déjà je ne supportais pas cette odeur de poil mort, mais ma mère s'en fichait, le dégoût étant une chose que les pauvres ne peuvent pas se permettre, la compassion non plus.

Il était tard et la pièce s'assombrissait quand tout à coup elle s'est éclairée d'une lumière d'une intensité que je n'avais jamais vue. Une lumière blanche, froide comme dans un bloc opératoire ou un aéroport, mais à l'époque, dans ce village miteux, personne ne connaissait ni l'un ni l'autre. Le jour où le fils du boulanger était tombé dans le ravin avec sa charrette, on l'avait emmené chez lui et on l'avait charcuté sur la table de la cuisine en présence de ses filles. L'une d'elles avait été tellement choquée que depuis lors elle était à moitié demeurée, incapable de prononcer trois mots de suite. Moi je crois qu'elle était déjà idiote avant ça et que ce spectacle n'a fait qu'aggraver son état. La plus à plaindre était la boulangère, disait ma mère, qui avait désormais une fille folle et un mari qui ne faisait rien d'autre que se chier dessus sans se décider à mourir. Moi ce que j'en dis, c'est que si ça m'était arrivé, il aurait passé l'arme à gauche, marmonnait ma mère entre ses dents, puis elle m'obligeait à me signer pour que la maison ne se mette pas grincer et à craquer de toutes parts.

Le fait est que je me rappelle avoir fermé les yeux un moment, éblouie par la lumière. Quand je les ai rouverts, il y avait une femme debout devant moi. Elle portait une longue tunique noire qui la couvrait du cou jusqu'aux pieds, et ses cheveux coiffés avec la raie au milieu étaient attachés en chignon bas. Elle avait les mains entrelacées sur la poitrine et les yeux levés vers le ciel, comme si elle priait. Je l'ai regardée ébahie, j'ignore combien de temps je suis restée comme ça. Je ne suis sortie de mon état de béatitude que lorsque ma mère m'a violemment secouée par les épaules, alors la sainte s'est évanouie dans les airs. En rentrant de chez les Adolfinas, ma mère m'avait trouvée étendue sur le sol, fixant un point au plafond. Si jamais tu deviens idiote toi aussi, je te dépose chez les bonnes sœurs, a-t-elle dit. Je t'appelle depuis que je suis arrivée mais tu n'as pas daigné me regarder. Je n'ai pas la patience de la boulangère, moi !

Les nonnes avaient emmené plusieurs fillettes du village depuis le début de la guerre. Pour certaines, c'était leur propre famille qui les leur confiait, faute de pouvoir les nourrir. D'autres étaient accueillies au couvent à la demande du curé, leurs parents étant en prison ou au cimetière, ce qui en l'occurrence revenait quasiment au même. Leurs oncles et tantes, leurs voisins et voisines en avaient eu assez de subvenir à leurs besoins et s'étaient tournés vers le prêtre pour qu'il trouve une solution. Nous n'en avions revu aucune. Ma mère disait que les religieuses les vendaient à des riches, les belles en vue d'une adoption, les laides comme domestiques.

Par la suite j'ai souvent revu la sainte. Elle m'apparaît toujours dans la même posture, comme sur les images. Les yeux levés vers le ciel, le visage animé d'une expression sérieuse, à croire qu'elle écoute des directives de Dieu et qu'elle est prête à tout, à faire n'importe quoi pour Lui, y compris harceler des petites filles et leur mettre la tête à l'envers. Elle ne me regarde jamais, ne s'adresse pas directement à moi, mais j'entends sa voix dans mon cœur et je sais que je dois m'exécuter. Comment veux-tu discuter avec un saint, comment ne pas lui obéir aveuglément ?

Lorsque j'en ai parlé à ma mère, elle m'a demandé de ne le raconter à personne. Ça ne devait pas sortir de nos murs, comme les hurlements de mon père. Elle n'a jamais cherché à savoir ce que me disait la sainte, pourtant elle m'observait dès que je revenais de l'endroit où celle-ci m'avait transportée. Je lisais l'envie sur son visage, elle était jalouse que la sainte m'ait choisie moi et non elle, à qui n'apparaissaient que des ombres pleines de désespoir. Elle aurait bien voulu qu'une sainte lui parle dans la poitrine, elle aurait aimé la voir nimbée de lumière, belle comme un miracle. Qu'avais-je fait pour mériter ça, moi qui n'avais même pas été contrainte de tuer un homme ?

À mesure que je grandissais, la jalousie de ma mère augmentait. La sainte ne m'emmenait pas souvent, mais quand elle le faisait elle me révélait des faits qui allaient survenir et d'autres qui étaient passés, mais dont on ne parlait pas ouvertement. J'appris ainsi que le meunier était enterré dans une fosse, près du mur du cimetière, que le fils du maire mourrait d'un coup de sabot de cheval et que j'assisterais sans réagir à la noyade de la plus jeune des Adolfinas. Ma mère supportait de moins en moins mes visions et m'enviait de plus en plus. Son ressentiment la rendait cruelle et mesquine, à moins qu'elle ne l'ait toujours été et que cette histoire n'ait révélé sa véritable nature. Elle me faisait porter ses vieilles robes et me coupait les cheveux à la tondeuse, ils étaient plus courts d'un côté que de l'autre, taillés comme à coups de morsures. Elle m'obligea à arrêter l'école. La maîtresse lui dit pourtant que j'étais bonne élève et que j'aurais pu poursuivre ma scolarité à Cuenca, où les religieuses avaient un pensionnat. Elle lui proposa d'intercéder en ma faveur pour qu'elle paie moins en tant que veuve, mais ma mère ne voulut rien savoir. Je n'ai jamais rien demandé, ce n'est pas maintenant que je vais commencer, conclut-elle.

Quand nous rentrâmes de l'école, elle me força à me laver dans la bassine et à aller proposer mes services chez les Jarabo, qui cherchaient une bonne car une des leurs venait de se marier. Tu as toujours dit qu'on ne travaillerait pas pour les bourgeois, qu'on ferait n'importe quoi, sauf les bonniches, lui objectai-je. Quand tu sauras faire autre chose, tu te trouveras une autre activité, en attendant je n'ai pas l'intention de t'entretenir. Telle fut ma punition. Servir ceux qu'elle n'avait pas voulu servir et courber l'échine là où mon père n'avait jamais plié. Assumer à moi seule toute l'obéissance qui avait fait défaut à ma famille.

J'ai servi neuf ans chez les Jarabo, de dix à dix-neuf ans. Le couple nous traitait correctement, Carmen et moi, tout en laissant transparaître parfois la haine que cachait leur indifférence. Comme lorsque Madame déchirait les manteaux dont elle ne voulait plus pour que nous ne puissions pas récupérer le tissu, ou quand Monsieur nous ordonnait de ramasser une par une toutes les pierres sur le chemin en terre battue de la ferme afin de ne pas crever en voiture. C'était une haine ancienne, si profondément ancrée en eux qu'ils n'avaient pas besoin de s'efforcer de la montrer. Ils ne nous haïssaient pas avec rage, mais avec dédain.

Nous deux, en revanche, avions la rage au cœur. Elle coulait dans nos veines comme une fièvre. J'ignore si c'est Carmen qui me l'a transmise ou l'inverse, tantôt je pense que c'est elle, qui était plus âgée et travaillait chez les Jarabo depuis plus longtemps, tantôt je crois que c'est moi, qui suis arrivée avec toute la hargne de ma maison. Quoi qu'il en soit, chacune attisait la haine chez l'autre. Elle me disait que les costumes apportés par le tailleur valaient deux fois notre salaire, je l'informais que Madame avait vidé deux flacons entiers de parfum dans l'évier parce qu'elle n'aimait que ceux élaborés à Paris. Mais la personne que nous détestions le plus était leur fils aîné. Il faisait son droit à Madrid, où il avait établi des contacts opportuns avec ceux qui parlaient de moderniser l'Espagne, et quand ils prononçaient « Espagne » leur bouche s'emplissait de sang. Il venait chaque été pour la chasse dans le maquis. Nous le voyions apparaître devant la porte, des perdrix mortes accrochées à sa ceinture. Carmen et moi sentions alors la haine monter dans notre ventre comme une éruption cutanée. Quelques années plus tard, il s'est tué dans un accident de voiture et ses parents l'ont enterré dans le mausolée familial, le plus grand de tout le cimetière.

Le fils cadet n'était encore qu'un enfant, mais déjà mal élevé et impertinent.

Parfois Madame nous demandait de cuisiner les perdrix débusquées par l'aîné. Nous devions plumer ces bêtes, et les toucher nous faisait mourir de chagrin et de dégoût. De rire aussi, après avoir effectué notre tâche, quand nous les voyions baignant dans la sauce où nous avions craché. Les glaires épaisses de Carmen flottaient dans l'huile, il fallait les écraser à la cuillère. Aucune viande ne vaut le gibier, disait Madame, et nous réprimions tant bien que mal notre hilarité, cachées derrière la porte de la cuisine.

Je crois que c'est en graillonnant que nous avons scellé notre amitié. Carmen avait été élevée dans la privation mais entourée de tendresse, cela se ressentait dans son caractère. Aucun ver ne la rongeait, contrairement à ma mère et à moi, attisées par cette anxiété d'indésirables qui ne laisse de répit ni à soi-même ni à autrui. Son père avait appris à jouer de la bandurria à l'oreille, à force de répéter sans relâche, et il égayait les fêtes populaires, les bals et tous ceux qui venaient passer la soirée chez lui. Sa mère était plus réservée, mais connaissait de nombreuses chansons. Sur notre insistance, elle finissait par les psalmodier, d'abord à voix basse, puis en rougissant et pour finir avec fluidité et sans la moindre gêne. Carmen avait grandi dans les bals, moi au milieu des malédictions et, fatalement, cela avait laissé des traces. Je ne voyais presque pas ma mère. Lorsque je rentrais après avoir débarrassé la table du dîner de Monsieur et Madame, elle dormait déjà, et le matin c'est à peine si nous échangions quelques mots. Elle me faisait payer pour toute la famille mais la jalousie continuait de la miner de l'intérieur. J'ai alors compris qu'elle ne me pardonnerait jamais. Que la sainte s'adresse à moi et non à elle l'avait rendue folle à lier. Elle ne supportait pas davantage que je sache les choses avant qu'elles arrivent, que je ne sois pas surprise que le maire ait enterré son fils, le foie éclaté, ni qu'on ait retrouvé la benjamine des Adolfinas noyée dans la piscine peu après mon départ de chez elles, où m'avaient envoyée Monsieur et Madame.

Le ressentiment de ma mère s'est intensifié quand j'ai rencontré Pedro. Il a surgi un jour à la porte des Jarabo, dégoulinant de sueur, des taches de suie sur sa chemise. Un bateau que Monsieur possédait à Gascueña avait brûlé avec toute sa cargaison, y compris une partie de la récolte de raisin. Il a pris place sur une des chaises de la cuisine pour attendre Monsieur, qui n'allait pas tarder à arriver. Je lui ai tendu la gargoulette et me suis éloignée dans la cour. La mule sur laquelle il était venu haletait, le souffle court. Il l'avait sans doute bien cravachée pour la faire avancer plus rapidement. Je l'ai mise à l'ombre et lui ai donné un seau d'eau fraîche tirée du puits. Il ne faut pas être triste pour cette bête, elle supporte tout, m'a-t-il dit, posté devant la porte. Tu n'aurais pas dû la forcer autant, peu importe que tu arrives plus tôt ou plus tard puisque de toute façon le bateau est fichu. Il s'est approché de la mule et lui a caressé le dos. Moi je m'en fous que tout ce qu'ils possèdent ait brûlé, mais je suis le contremaître, et si jamais il apprend par quelqu'un d'autre qu'il a perdu un million de pesetas aujourd'hui, j'en prendrai pour mon compte et plus personne ne m'embauchera.

Il est souvent revenu. Au début il avançait des prétextes pour s'occuper d'affaires qui se réglaient auparavant au cellier, puis il n'a plus cherché d'excuses. Il entrait par la cuisine et s'asseyait pour me regarder écosser les petits pois ou pétrir de la pâte. Carmen souriait et nous laissait seuls, jusqu'au jour où elle m'a pris le bras et dit qu'il était fiancé, qu'on lui avait raconté qu'il allait épouser une fille de Gascueña et que tout était prêt pour les noces. Je le savais déjà, la sainte m'en avait informée en ajoutant qu'il ne convolerait pas avec cette fille. Celle que Pedro épouserait n'était autre que moi.

Il passait tous les dimanches après-midi, quand Madame nous donnait congé après que nous avions nettoyé la cuisine et préparé le dîner. Nous restions au bord du chemin, allions dans le maquis et rentrions couverts de terre et de sueur. Au village, on commença comme toujours à jaser, ces misérables ne perdent jamais une occasion de se taire. Carmen m'a dit qu'on m'avait vue descendre de la colline les cheveux en bataille et les joues en feu, qu'on savait que je ne prenais pas le grand chemin pour regagner la maison, bien après la tombée de la nuit. On ne pouvait pas espérer davantage de la part de la fille d'un maquereau, de la fille d'un homme qui vivait du commerce des femmes. J'avais connu l'impudeur dès ma plus tendre enfance, même si ma mère se donnait à présent des airs de veuve respectable après des années de deuil, comme si son foyer avait été décent.

Un jour j'ai emmené Pedro près d'une étendue d'eau entre les rochers et je l'ai déshabillé. Je ne l'avais encore jamais vu nu, j'avais seulement deviné les parties de son corps entre sa chemise relevée et son pantalon légèrement baissé. J'ai aimé son torse puissant et ses larges épaules, lui mon impatience et mon désir. Je me suis étendue sur le sol et l'ai laissé faire, ça lui plaisait d'avoir mon corps à sa disposition. Je n'ignorais pas ce qui allait se passer, je l'avais vu sur le plafond de la cuisine. Cette après-midi-là je suis tombée enceinte.

Pedro n'avait pas envie de m'épouser mais il ne l'a jamais dit. Il a endossé ses responsabilités sans reproches ni culpabilité, la tête haute, comme tout ce qu'il faisait. Il a chargé ses affaires sur la mule et est venu vivre à la maison avec ma mère et moi. J'ai cessé de travailler pour les Jarabo avant que mon état soit visible, pour leur éviter le scandale qu'aurait déclenché la grossesse d'une de leurs domestiques. Pedro était toujours leur contremaître et devait être en bons termes avec eux. La cérémonie a eu lieu un soir, sans invités. Nous n'avions pas prévu de banquet, il n'y avait pas matière à célébrer un tel déshonneur. Ma mère a confectionné ma robe, noire pour le deuil et large pour la honte.

5

La vieille a raison, malgré tout ce qu'elle m'a dit je n'ai jamais vraiment cru que j'étais prisonnière de cette maison. Je pensais pouvoir m'en aller un jour, quitter comme tout le monde ce village de merde. Ici il ne restait presque plus personne de mon âge, tous ceux qui en avaient eu l'occasion étaient partis à Madrid, les autres à Cuenca, soit pour faire des études, soit pour bosser à Mercadora ou Zara, n'importe où mais pas ici, dans ce trou où il n'y avait plus que des vieux un pied dans la tombe. J'étais convaincue que j'allais partir, mais j'ai compris que non, que la vieille avait raison et que nous, les femmes de notre famille, on ne quitte cet endroit que quand on nous emmène, moi lorsqu'on m'a mise en taule et ma mère lorsqu'on l'a enlevée.

J'en étais au moment où j'avais vu ma mère devant la porte de la maison. Elle ne m'a ni parlé ni regardée, comme si au lieu de me voir ses yeux passaient à travers moi. Elle a fait mine d'entrer, je me suis poussée sur le côté. Elle s'est avancée dans l'obscurité du vestibule. Elle marchait lentement, peut-être soucieuse de ne pas faire de bruit ou de ne réveiller personne. Elle est passée près de moi, s'est dirigée vers l'escalier. Quand elle s'est tournée une mèche de ses longs cheveux noirs m'a effleuré le bras et un frisson que j'ai senti comme un avertissement ou plutôt comme une confirmation m'a parcouru le dos. J'ai su que c'était ma mère et aussi qu'elle venait d'un lieu où cela n'avait aucune importance.

La vieille nous observait depuis le palier, gardant le silence de même que tout dans la maison. J'avais l'impression qu'elle allait se jeter sur moi, s'élancer du haut de l'escalier, mais elle n'a pas bougé. Elle s'est contentée de me scruter comme d'habitude, en essayant d'extirper mes idées de ma tête pour en introduire d'autres. Parfois elle y arrivait, je l'entendais gratter, crcrcrcrcrcr, dans mon cerveau, et tout à coup me venaient des pensées que je n'avais jamais eues auparavant. Maintenant c'est fini, elle a arrêté depuis les événements, depuis que nous nous sommes mises d'accord.

Ma mère s'est avancée et a commencé à gravir les marches. La vieille s'est détournée de moi et ses yeux se sont posés sur elle, le visage totalement dénué d'émotion, on aurait dit une de ces énormes araignées luisantes qui chassent les moustiques autour de l'ampoule de la cour sans bouger, sans bouger jusqu'à ce qu'elles se précipitent sur l'un d'eux et l'avalent. La vieille ne semblait pas surprise du retour de ma mère. Elle l'avait peut-être vue elle aussi errer sur le chemin, ou alors la sainte le lui avait dit le jour où elle lui avait révélé le nom de son ravisseur ou l'endroit exact où on avait perdu sa trace à jamais sur ce même chemin. Elle avait peut-être vu tant de pourriture au long de sa vie qu'elle ne s'étonnait même pas que sa propre fille soit revenue d'entre les ombres.

Ma mère est passée près de la vieille avant d'entrer dans la chambre. Sortant de mon ahurissement je me suis empressée de la rejoindre. La maison était toujours silencieuse, dans l'expectative. La vieille a raison de dire que ces murs sont un piège, comme ceux que les enfoirés de chasseurs laissent dans les collines et qu'ils oublient, qui peuvent rester là des années, cachés dans les broussailles, en attendant le moment de se refermer.

J'ai pénétré dans la chambre et vu ma mère debout devant l'armoire. Le bois craquait, et anxieux et perdu le meuble s'est déplacé de quelques centimètres vers l'avant. Elle s'est glissée à l'intérieur sans me laisser le temps de réagir et la porte a claqué. Je l'ai rouverte mais n'y ai trouvé que les jupes et les chemisiers de ma grand-mère, d'où se dégageait une odeur de naphtaline. Ne t'inquiète pas, elle n'est allée nulle part, a dit la vieille derrière moi.

J'ai commencé à fouiller dans l'armoire, plus par frustration que par conviction, puis deux coups secs ont été assenés contre la porte d'entrée. Quelqu'un était là. J'avais une boule à l'estomac, le cœur qui battait à cent à l'heure comme un cheval qui s'emballe. C'était la même façon de frapper. J'ai attendu que la vieille y aille, elle était descendue pendant que j'actionnais les tiroirs en imaginant découvrir le visage de ma mère qui me regarderait au fond de l'un d'eux, mais je l'ai entendue appeler les chats dans l'arrière-cour, de l'autre côté, alors j'ai dévalé les marches et me suis arrêtée devant la porte. Avant d'ouvrir je savais que c'était elle.

Elle a refait les mêmes gestes un à un, traversé la porte sans un regard pour moi, monté l'escalier avant d'entrer dans la chambre, ouvert l'armoire et disparu à l'intérieur. Cette fois je ne l'ai pas suivie, je suis restée les bras ballants, debout comme une pauvre conne. Du rez-de-chaussée j'ai entendu le bois craquer les gonds grincer et la porte claquer à nouveau. Ma mère n'avait jamais été autre chose qu'une adolescente sur une vieille photo ou une affirmation de la part de ma grand-mère, pas même un vide car pour cela il faut de l'espace où creuser un trou, pourtant elle était revenue comme si elle n'avait jamais disparu ou comme si elle disparaissait tous les jours et que chaque jour nous devions ressentir cette déchirure en nous. C'est alors que j'ai commencé à sentir le trou le trou le trou.

J'ai repris connaissance en entendant la vieille. Elle était rentrée et s'agitait dans la cuisine. La maison était tellement silencieuse que je l'entendais traîner les pieds de part et d'autre de la pièce et pester entre ses dents contre une des ombres qui vit dans le placard et qui avait tendu une main pour lui tirer les cheveux. Petite garce ! Si tu n'étais pas déjà morte je t'achèverais, disait-elle, mais ça ne servait pas à grand-chose, à quoi bon menacer une ombre qui est arrivée jusqu'ici en rampant depuis je ne sais quel cercle de l'enfer ? Au bout d'un moment la vieille a surgi dans le couloir, m'a effleurée et a passé le seuil, j'avais laissé la porte ouverte car mon corps ne me répondait plus depuis un moment, pétrifié par la peur. Elle a tiré un rosaire de la poche de sa jupe et l'a suspendu à une des branches de la treille qui grimpait le long de la façade.

La rage montait en moi parce que je m'étais aperçue qu'elle savait forcément quelque chose qu'elle taisait, qu'elle avait tu pendant de longues années. Tu fais ça pour qu'elle s'en aille ? lui ai-je demandé d'un air assassin, pressée qu'elle me donne une raison pour que ce soit moi qui lui saute dessus, me jette sur elle comme un insecte géant. Tu sais bien qu'il n'y a pas moyen de chasser les ombres, mais comme ça elles dérangent moins, a-t-elle répondu avant d'entrer dans la maison et de fermer la porte. Je l'ai empoignée par le bras, toute secouée, le petit trou que j'avais entrevu était devenu une brèche une fosse un puits. Qu'est-ce qu'elle fait là ? Pourquoi elle vient maintenant, des années après ? Ça ne date pas d'hier, a répondu la vieille en essayant de dégager son bras. J'ai relâché mon étreinte et l'ai suivie dans la cuisine tandis que ma colère s'amplifiait et ressortait déjà entre mes dents. Comment ça, ça ne date pas d'hier ? J'évitais pourtant de me précipiter sur elle et de griffer sa gueule de fouine parce qu'elle en avait besoin pour m'expliquer, me dire ce qu'elle avait passé sous silence. Ça fait longtemps qu'elle vient, elle est apparue juste après son enlèvement.

Je me suis assise devant la table et j'ai poussé violemment la gamelle que la vieille venait de retirer du feu pour la récurer et refaire sa tambouille. Une partie du bouillon s'est répandue sur la toile cirée, une flaque graisseuse qui m'a donné envie de dégueuler. Pourquoi je ne l'ai pas vue avant alors ? ai-je demandé, ma hargne changée en nausée en chagrin ou en je ne sais quoi mais je n'avais plus envie de sortir mes griffes. J'ignore pourquoi on voit ce qu'on voit, et pourquoi certaines ombres ne sont qu'un soupir dans un coin et d'autres des bestioles enragées, pourquoi certaines ne provoquent qu'un simple frisson et d'autres se mettent dans nos entrailles. Elle a léché la spatule, une goutte de soupe a glissé le long de ses commissures, laissant un filet huileux sur son menton, elle n'était plus qu'une vieille comme les autres et non un insecte majestueux, une vieille personne à prendre en pitié, peut-être avec une pointe de dégoût, mais dont il ne fallait pas avoir peur, surtout pas peur.

Je suis montée dans la chambre et me suis étendue sur le lit. Au bout de la pièce l'armoire avait l'air calme, elle avait cessé de chanceler et de craquer. Je ne voyais plus ma mère mais je la sentais là, semblable à un souffle ou à une exhalaison qui passait et repassait à côté de moi, traversait la chambre et disparaissait à l'intérieur du meuble. En me concentrant je pouvais entendre les pas qui montaient l'escalier la poignée qui crissait le grincement des gonds qui tournaient. J'ai fermé les yeux et constaté que l'air s'épaississait. J'ai senti qu'un des coins du lit s'affaissait légèrement, à croire que quelqu'un s'y était assis en y imprimant tout son poids. J'ai ouvert les yeux et me suis relevée brusquement pour chercher ma mère, mais je n'ai vu que des cheveux noirs disparaître sous le lit.

Petite ils m'avaient souvent bernée avec ce genre de trucs. Ils m'induisaient en erreur avec des chansons joyeuses, alors je soulevais la courtepointe pour les rejoindre et quelques heures plus tard j'avais la peau égratignée les vêtements déchirés et la peur au ventre sans savoir ce qui s'était passé parce que j'avais tout oublié. Maintenant je savais que ce n'était pas ma mère qui s'était assise sur le lit et s'était ensuite glissée dessous. Ma mère n'était pas revenue pour s'occuper de moi prendre soin de moi me caresser les cheveux pendant mon sommeil. Elle ne m'avait d'ailleurs jamais désirée, n'avait été qu'une ado stupide qui était tombée enceinte en choisissant le mauvais mec et avait accouché d'un bébé dont elle ne voulait pas. Ce que j'ai vu n'était pas ma mère mais ce qui restait d'elle après la terreur qu'on lui avait inspirée en l'enlevant.

Je me suis réveillée, la chambre plongée dans la pénombre. La vieille avait dû venir baisser les stores pendant mon sommeil. Je n'avais pas la moindre idée du temps qui s'était écoulé mais mon oreiller était imprégné de sueur et mon estomac criait famine. L'air était toujours dense et lourd comme celui d'une cave ou d'une pièce restée longtemps fermée qu'on ouvre tout à coup pour constater que les objets sont toujours au même endroit, sauf qu'ils ne sont plus que les ombres de ce qu'ils ont été.

J'ai bondi hors du lit, suis allée dans le couloir. En bas la vieille égrenait son rosaire, le murmure des mystères douloureux du mardi me parvenait. D'abord la trahison, puis la torture, le couronnement, la croix et la mort. Marie pleine de grâce, mère de miséricorde, défends-nous contre nos ennemis, envoie tes anges sur eux, rétrécis leurs champs, fais en sorte que leur orge soit sans grains et leur vigne sans raisin, ne leur accorde aucun répit, pas même après leur mort. Je suis descendue dans la cuisine pour gagner l'arrière-cour, je ne voulais pas rester dans le vestibule au cas où ma mère frapperait de nouveau à la porte. Je ne voulais pas la voir faire et refaire les mêmes gestes pendant des années, comme la vieille, qui n'a pas eu de corps à enterrer mais a été accablée de douleur en la voyant passer et repasser sous ses yeux. Ne leur accorde aucun répit, petite Vierge, car nous autres n'en avons pas.

J'avais envie que la maison me cache ma mère, ce qu'elle avait fait toutes ces années, qu'elle ne soit qu'un reflet entrevu derrière une porte entrebâillée que je préférais fermée à jamais car ce que contenait l'armoire n'était pas pour moi mais pour la vieille. Moi je pouvais à peine m'y introduire, cet espace n'était pas à moi, c'est elle qui sentait la douleur la culpabilité la tristesse le déchirement quand elle était brisée brisée brisée parce que le corps de sa fille était toujours quelque part dans un champ de ronces un ravin une fosse et que celui qui avait fait ça n'avait jamais eu à payer pour son crime.

J'ai alors vu le petit trou de la vieille et j'ai mieux compris tout ce qui était cruel mesquin aigri amer. Et tout cela a certainement dû s'agripper à moi quelque part et se mettre à grandir, car quand je suis retournée chez les Jarabo après avoir été malade, plus rien n'était pareil. L'enfant avait le même comportement, la mère me traitait de la même manière mais je n'arrivais plus à les supporter, j'en étais incapable. J'avais dans le corps une noirceur qui prenait chaque jour plus d'ampleur. La vieille s'en est probablement rendu compte car ce matin-là elle m'a dit le moment est venu et j'ai compris que c'était vrai, qu'il était temps.

J'ai passé la journée avec le garçon, j'étais arrivée à neuf heures du matin et il était plus de minuit. Les parents n'étaient pas encore rentrés. La mère m'avait téléphoné avant de quitter Madrid. Elle avait fini de dîner avec ses amies et s'apprêtait à reprendre le volant. Une heure et demie plus tard elle serait là. Elle avait l'air un peu bourrée, parlait d'une voix plus aiguë que je détestais, comme sa manière snobinarde de traîner sur les « s », de bien accentuer les dernières syllabes pour éviter de causer comme les gros ploucs que nous étions, qui les avalions. J'avais envie que sa bagnole se fracasse rate un virage ou qu'elle se fasse au moins une grosse frayeur. Le père non plus n'était pas là mais il n'avait pas appelé, il n'appelait jamais.

L'enfant avait été infect du matin au soir. C'était un de ces gosses gâtés qui piquent des colères pour tout et n'importe quoi, mais ce jour-là il avait été particulièrement chiant. Il avait balancé son assiette par terre, m'avait jeté un verre à la figure et avait massacré le bouquet de roses qu'avait posé sa mère sur la table de la salle à manger. J'en avais ma claque de ce môme et j'en avais marre de mon salaire de merde, de ses parents qui me traitaient comme les membres de leur famille avaient toujours traité les miens, avec le mépris et la condescendance que les riches réservent à ceux qui sont à leur service.

Je lui aurais volontiers flanqué une baffe pour son impolitesse et sa connerie, me serais fait un plaisir de l'enfermer dans les chiottes en éteignant la lumière jusqu'à ce qu'il ferme sa gueule ou se la blesse en se cognant contre le lavabo. Mais ça je me suis bien gardée de le dire à la Guardia Civil. Au contraire, je leur ai dit c'était un enfant remuant qui voulait tout découvrir par lui-même, c'est ce que racontent les parents dans les écoles privées quand leurs lardons sont de gros casse-couilles et qu'ils s'imaginent que ce genre de formule va révolutionner l'informatique et la robotique alors que ça veut juste dire que personne ne peut les saquer. Je leur ai dit il y avait plus d'une heure que j'essayais de l'endormir mais ça n'avait pas marché. J'ai déclaré à onze heures je suis sortie de la chambre pour prendre l'air, nous étions tous les deux énervés et fatigués, alors j'ai jugé bon de le laisser seul quelques minutes avec ses jouets pour revenir plus tard, je suis descendue au rez-de-chaussée et j'ai sorti la poubelle, il faisait chaud, lourd et sec, sans aucun courant d'air, quand je suis revenue du conteneur, je suis allée à la cuisine pour prendre une bouteille d'eau dans le frigo et m'en servir un verre.

J'ai dit c'est à ce moment-là que j'ai dû laisser la porte ouverte mais je ne m'en souviens plus. Je suis restée un peu dans la cuisine pour consulter mon portable. La mère du garçon m'avait téléphoné à dix heures et demie, elle n'arriverait pas avant une bonne heure. Je n'avais toujours aucune nouvelle du père. J'ai regardé mes WhatsApp, mais il ne m'avait pas écrit. Pendant tout ce temps je n'ai entendu aucun bruit dans la maison, rien d'anormal. Quand j'ai eu fini mon verre d'eau je suis remontée dans la chambre pour coucher le garçon. Il avait disparu. Je l'ai appelé plusieurs fois et l'ai cherché dans sa chambre et dans celle de ses parents. Je pensais qu'il se cachait, qu'il jouait, qu'il n'avait toujours pas sommeil. Je l'ai cherché partout.

J'ai dit je suis allée au rez-de-chaussée et j'ai regardé dans la salle à manger et dans la cuisine au cas où il serait descendu pendant que je le cherchais en haut. Je ne sais pas combien de temps a passé mais sûrement pas longtemps. Je croyais que c'était un jeu, qu'il allait surgir d'un moment à l'autre, en tout cas je n'ai pas arrêté un seul instant de le chercher. En passant dans le hall d'entrée je me suis aperçue que la porte était ouverte. Je suis sortie, j'ai regardé à droite et à gauche, il n'y avait pas beaucoup de voitures mais j'étais inquiète qu'il soit seul dehors. Je l'ai appelé en criant, j'ai parcouru plusieurs mètres des deux côtés, j'ai vérifié s'il n'était pas dans les arbustes ou dans les conteneurs. J'étais de plus en plus nerveuse. Il m'avait déjà fait le coup de se cacher, mais sans jamais sortir de la maison. J'ai dit c'est à ce moment-là que j'ai appelé les secours.

J'ai fait ma déclaration très calmement, avec des phrases courtes comportant des virgules et des points, exactement comme la vieille me les avait écrites dans la matinée. Ils me les ont fait répéter plusieurs fois en me posant des questions différentes et j'ai toujours répondu la même chose, en changeant un mot ou un détail pour qu'ils ne remarquent pas que je récitais tout par cœur, que j'avais consciencieusement appris mon petit discours. J'ai dû bien m'en tirer parce qu'ils m'ont laissée partir au bout de quelques heures, mais deux jours plus tard ils m'ont rappelée pour me convoquer à la caserne et là, j'étais comme une boule de nerfs parce que je ne me souvenais pas de tout et je me demandais si j'allais pouvoir redonner la même version. J'ai vu à leurs têtes qu'ils trouvaient que quelque chose clochait, et ils ne m'ont pas relâchée. Je crois qu'ils ont fait ça pour me mettre encore plus sur les nerfs et voir si je leur faisais d'autres révélations, parce qu'ils n'avaient rien. Dans ma cellule je suis restée aussi calme que possible, ils n'avaient aucun moyen de savoir que j'avais laissé la porte ouverte exprès, que j'avais menti au garçon et lui avais demandé de sortir et que dans la rue la vieille l'attendait pour l'emmener.

6

Nous autres, les femmes de cette famille, devenions vite des veuves. Nos hommes se consumaient comme des cierges d'église peu de temps après le mariage, il ne restait d'eux qu'une auréole sur un drap, qui ne partait pas, même si nous nous usions les mains à force de les frotter. Ma mère disait que cette maison les asséchait de l'intérieur jusqu'à ce que mort s'ensuive. Je le savais car lorsque nous retirâmes une des briques pour voir mon père, il était sec comme de la corde de sparte. Je devais avoir huit ans, j'étais rentrée en râlant contre la benjamine de Matilde, qui m'avait dit qu'il n'avait pas été tué à la guerre mais s'était enfui avec une de ses filles. Qu'est-ce que tu en as à faire de ce que raconte cette grenouille de bénitier ? s'exclama ma mère. Elle croit peut-être qu'on n'est pas au courant de tous ceux qui sont allés en « promenade » à cause de sa famille de mouchards ?

Je sortis de la cuisine en claquant la porte, enragée comme un chien, ma mère m'emboîta le pas et m'attrapa par un bras en y plantant ses ongles pour me conduire au pied de l'escalier. Si tu te demandes où est ton père, ce n'est pas un souci, je vais te le montrer, chuchota-t-elle en m'entraînant en haut des marches. Elle relâcha son étreinte dans la chambre et écarta l'armoire du mur, retroussa sa jupe, s'agenouilla pour retirer une des briques de la quatrième rangée. Le voilà !

La maison avait rongé sa chair mais pas sa peau, qui était collée aux os. Il avait une expression étrange, je le revois comme s'il était encore devant moi. Assis par terre, adossé au mur du pignon, la tête retombant d'un côté et la bouche ouverte, il semblait s'être décroché la mâchoire en hurlant d'angoisse. Il n'a pas d'yeux, soufflai-je en détournant le regard. Il n'en a pas besoin là où il est, rétorqua ma mère, et elle me poussa sans ménagement.

Elle avait descellé la brique deux ans auparavant, lorsque les vainqueurs avaient cessé de poser des questions sur les hommes qui avaient déserté leur foyer pendant la guerre, parce qu'ils les avaient tous supprimés. Il n'en restait même plus dans le maquis, on les avait chassés avec autant de ténacité que des chevreuils. Depuis elle allait le voir un moment chaque jour pour s'assurer qu'il était bien là. Elle souriait en regardant son air épouvanté, puis remettait la brique et l'armoire à leur place avant de se signer. Qu'il endure dans la mort toutes les souffrances qu'il n'a pas endurées de son vivant.

Mon mari se dessécha lui aussi de l'intérieur. Il dépérit dans son lit un an après notre mariage. Il commença à s'éteindre, à s'étioler, et très vite il fut incapable de bouger. Sa chair fondit, sa peau prit une teinte olivâtre. Ma mère et moi fîmes venir le médecin à de nombreuses reprises, dès que la fièvre le dévorait, mais l'homme de science ne comprit jamais quel mal le frappait. Il lui faisait une piqûre qu'il facturait à prix d'or et s'en allait comme il était venu, laissant le pauvre Pedro secoué de spasmes et délirant. Je savais qu'aucun traitement ne le guérirait, les saints me l'avaient révélé, mais Pedro s'était bien comporté à mon égard et je n'avais pas l'intention de le laisser mourir comme un chien.

Les Jarabo payèrent les obsèques. Pour faire un geste à la mémoire de leur contremaître. Moi ça me fichait en rogne de les voir à l'église, Madame versa même une larme. La plupart des villageois leur présentèrent leurs condoléances. Je suis avec vous dans cette épreuve, disaient-ils. Comme s'ils en traversaient une ! C'est là qu'ils ont commencé à me prendre en grippe. Madame avait senti le regard que je posais sur elle. Quelqu'un avait dû leur raconter que pendant la cérémonie j'avais déclaré que s'ils en avaient eu quelque chose à faire de leur contremaître, ils auraient payé ses médicaments et non ses funérailles. Ça m'était égal, j'avais parlé haut et fort pour que tout le monde m'entende. Si Pedro avait été si important pour eux, ils auraient pu faire venir un médecin de Cuenca ou de Madrid, un de ceux qu'ils avaient rencontrés au cours de leurs dîners avec le généralissime.

Madame me vouait la haine qu'elle réservait à ceux qui comptaient assez à ses yeux pour qu'elle daigne manifester son inimitié. Ce n'était plus le mépris du temps où j'étais sa bonne, mais une colère qu'elle ne se donnait pas la peine de cacher et qui s'intensifiait. Je préférais sa haine à son indifférence, car tant qu'à être rabaissé, mieux vaut que ce soit pour de bonnes raisons, même si la première cause davantage de problèmes que la seconde. Elle commença à inventer des histoires à mon sujet, à insinuer que ma mère et moi avions fait quelque chose à Pedro, à affirmer qu'avant de s'installer chez nous il débordait de santé. Elle disait du mal de nous à tous ceux qui voulaient bien l'écouter, selon elle nous avions mis du poison dans sa nourriture, il n'était pas le père de ma fille et j'avais menti sur ma grossesse pour l'empêcher d'épouser sa fiancée.

Elle avait du mal à trouver un angle sous lequel nous attaquer maintenant que nous ne travaillions plus pour eux, mais sa vilaine langue se chargea de répandre son venin partout où elle pouvait. Dans ce village servile, bien des gens cessèrent de nous parler, pensant peut-être que plus un chien reçoit de caresses de son maître, moins il est chien. Bien entendu, je ne restai pas les bras croisés. S'ils me pensaient capable d'avoir assassiné mon mari, j'allais leur donner des raisons de le croire.

Je m'occupai de Madame en premier, demandai à Carmen de m'apporter une petite poignée de ses cheveux restée sur son peigne. Elle les fourra dans la poche de son tablier pendant qu'elle époussetait la coiffeuse et me les remit le lendemain. J'adorerais que tu lui fasses mordre sa langue de vipère et qu'elle s'empoisonne toute seule, me dit-elle. Ma mère et moi plaçâmes les cheveux dans un mouchoir et fîmes des nœuds bien serrés. Pour chaque coin noué nous adressions une prière à un saint. À sainte Dorothée, qui après sa mort est revenue avec une corbeille de fleurs et de fruits. À saint Denis, qui porte sa tête entre ses mains. À Judas Iscariote, qui s'est pendu à la branche d'un figuier. À sainte Gemma qui, comme nous, voyait des anges et des défunts. Puis nous avons creusé un trou dans la cour et l'avons enterré afin que nul ne le trouve et n'en défasse les nœuds.

Ma mère n'avait jamais fait de nouement, mais elle avait vu sa mère jeter ce type de sort quand son patron lui avait flanqué une gifle pour avoir renversé un verre pendant qu'elle servait le dîner. Le lendemain, le cheval qu'il montait avait fait une ruade qui avait failli le tuer. L'animal n'avait jamais causé le moindre ennui, mais ce matin-là une pensée maligne lui avait traversé l'esprit. Il avait fallu le recoudre de l'intérieur car son ventre avait crevé et il ne put jamais manger autre chose que des soupes, et encore, il se tordait de douleur chaque soir.

Nous avons procédé d'après les souvenirs de ma mère, en priant et en serrant bien fort les nœuds pour que rien ne s'échappe. Le lendemain il ne se passa rien, le surlendemain non plus. Comment veux-tu que les ombres le trouvent, enterré comme il est ? fis-je observer à ma mère. J'allai l'exhumer dans la cour et le déposai dans l'armoire de la chambre. Deux jours plus tard, Madame fit une chute dans l'escalier et se cassa la cheville. Carmen se gondolait en me décrivant ses hurlements. Mais les ombres n'en avaient pas encore assez. La semaine suivante, ce fut le fils qui tomba de sa monture pendant une chasse à courre et se fractura les deux poignets. Ses camarades racontèrent au bar qu'il s'était lancé à la poursuite d'un gros animal dans les broussailles, qui respirait comme un sanglier, tout le monde l'avait entendu mais personne ne l'avait vu. Son cheval le jeta à terre au milieu des rochers sans qu'il ait pu débusquer le bestiau ni remonter sa piste. Quelques jours après, un incendie se déclencha dans le bureau de Monsieur, qui était sorti. Les papiers qu'il conservait sous clef dans un coffre brûlèrent, et si Madame n'avait pas été alertée par l'odeur, toute la maison se serait consumée, raconta Carmen.

Au village, les cancans se répandirent, car un accident est le fruit du hasard, mais deux, ça devient suspect, et trois n'en parlons pas. Trois accidents en quelques jours, c'était l'œuvre du mauvais œil, même si Madame en minimisait l'importance et disait qu'il n'y avait rien de grave. En tout cas, à l'entendre hurler comme un goret, ça semblait alarmant, affirma Carmen en faisant la queue pour le pain, et toutes les femmes rirent sous cape. Certains prirent l'habitude de venir à la nuit tombée, pour voir s'ils ne pouvaient pas eux aussi bénéficier d'un sort susceptible d'effacer les soucis qui les avaient toujours accablés et que la guerre avait multipliés. Ils quittaient le village quand il faisait nuit noire, passaient par les champs en se cachant derrière les meules de foin, puis par les collines pour que personne ne les voie. Depuis que la guerre avait ouvert les portes de l'abattoir, les uns tenaient à se venger d'une gifle ou d'une raclée dont ils gardaient rancune, d'autres de la dénonciation d'un voisin ou de la fuite d'un parent qui s'était terminée en battue et la battue en massacre. Je maudissais leurs proches, la Guardia Civil, les curés, les mouchards et une foule d'autres gens avec toute la hargne contenue dans mes entrailles et celles de la maison, car j'avais conscience qu'à compter du jour où nous autres, les pauvres, commencerions à réclamer notre dû, les individus dans notre viseur n'auraient même pas une porcherie où se cacher.

Par la suite, d'autres encore vinrent réclamer des remèdes, alors je leur donnais les deux ou trois plantes dont je connaissais les vertus et leur disais une vérité et un mensonge pour les réconforter. La vérité, c'était la localisation des corps du père, du mari, de la fille ou de la sœur qu'on avait fait disparaître de leur vie. Le mur du cimetière, le chemin qui mène à Villalba, le ravin près de la fontaine, la colline de l'ermitage. Le village regorgeait de cadavres. Le mensonge, c'était que ce père, ce mari, cette fille ou cette sœur étaient au Ciel, les saints m'avaient certifié qu'ils se trouvaient parmi eux et qu'ils leur envoyaient leur bon souvenir. Puis je leur permettais de prier la sainte et d'allumer un cierge pour leurs proches, car ils ne pouvaient pas récupérer leurs corps pour les enterrer ni demander une messe au curé. Ils s'asseyaient donc dans la cuisine, je leur faisais un feu afin qu'ils n'aient pas froid et mon mensonge les soulageait, mais l'ombre qu'ils avaient transportée avec eux restait ici, la bouche pleine de terre, la tête criblée de balles, les dents arrachées à coups de culasse. Certains disparaissaient un peu plus tard, et c'était peut-être vrai que les anges les emmenaient au ciel, car les petits gars aux viscères écrabouillés qui sont morts dans les précipices ne peuvent pas aller en enfer. D'autres en revanche se cachaient dans les marmites et sous les lits, poussés par la peur ou la rancœur, allez savoir, et ne repartaient plus.

Je ne faisais rien payer aux familles des disparus, mais demandais à être rétribuée pour les malédictions. Quand ce n'était pas grand-chose, je leur donnais une poignée de sel sur laquelle cracher avant de la jeter devant la porte de la personne concernée. Pour accomplir une vengeance plus sérieuse, je préparais un nouement que je mettais dans l'armoire. La maison aimait ça. Plus leur haine était grande envers celui à maudire, mieux le sort fonctionnait. Mon prix était élevé, je voulais qu'ils évitent d'avoir recours au mauvais œil pour des broutilles. Quoi qu'il en soit, la moitié d'entre eux n'avaient pas les moyens de s'offrir un sort et m'apportaient les draps de leur trousseau, leurs alliances, leurs casseroles ou tout autre objet. Je ne prenais rien de tout ça, angoissée à l'idée de dormir dans des draps brodés à d'autres initiales ou de passer à mon doigt les anneaux d'autrui. De toute manière, nous nous débrouillions avec ce que nous gagnions. Mon mari ne m'avait pas laissé un sou, il n'avait aucun talent pour ça. Si j'avais été contremaître à sa place, j'aurais su comment m'y prendre pour tirer parti des Jarabo à leur insu et ne me serais pas cassé le dos à administrer leur chai pour le salaire de misère qu'ils lui versaient pendant qu'ils s'empiffraient de faux-filet et de gâteaux. Mais Pedro était trop timoré ou trop honnête, deux des pires défauts que peut avoir un pauvre.

Il ne m'était resté de mon mariage qu'un bébé qui pleurait beaucoup et tombait malade à tout bout de champ. Deux jours sur trois, ma fille avait des accès de fièvre impossibles à apaiser et des quintes de toux qui la secouaient dans son berceau. Ma mère était convaincue qu'elle allait mourir. On perdait beaucoup d'enfants en ce temps-là, il fallait vite les baptiser, car ils pouvaient soudain attraper une maladie et le lendemain matin, ils étaient froids comme des glaçons. Mais ma fille resta en vie. Elle supporta chaque fièvre et chaque spasme avec l'opiniâtreté que son père n'avait pas eue. Cette petite a envie de vivre, disait Carmen quand elle passait nous voir. Je me suis gardée de dire quoi que ce soit mais le problème n'était pas là. Dans cette maison, les morts vivent trop longtemps et les vivants trop peu. Notre existence à nous, qui sommes entre les uns et les autres, est en demi-teinte. La maison refuse de nous laisser mourir comme de nous laisser partir.

J'ai eu de la peine à la mort de Pedro, qui ne m'avait jamais rien fait de mal. Il travaillait comme il le devait, n'élevait ni la voix ni la main sur moi, et je n'ai pas eu à essuyer la honte d'un mari volage. On ne peut guère demander mieux à un homme, ou peut-être qu'il ne soit pas gênant, or c'était loin d'être le cas. Il mangeait ce qu'on mettait dans son assiette et se taisait plus qu'il ne parlait. Pour ce qui est des sentiments, il n'était pas amoureux de moi ni moi de lui, mais nous avions de la tendresse l'un pour l'autre, et le soir venu il appréciait toujours ma hâte à le déshabiller.

Après ses obsèques, la petite était toujours aussi laide et rachitique. Nous avions beau la nourrir correctement, elle donnait l'impression de sortir de l'orphelinat tant elle était maigrichonne, jaune comme de la cire et toute recroquevillée comme les petits des souris, qui naissent fripés et sans poils. Tu vas voir, les enfants hideux à la naissance deviennent les plus beaux par la suite, me disait Carmen. J'ignorais si je devais la croire, je craignais que la maison y soit pour quelque chose, que ma fille soit ainsi par la faute des ombres.

Comme je l'ai déjà dit, je l'ai surveillée sans relâche pendant qu'elle grandissait. J'étudiais ses moindres gestes, ne la laissais jamais seule, restais toutes les nuits à côté de son lit, que nous avions installé près du mien, guettant une expression, un gémissement, un signe qui m'indique que l'ombre grandissait en elle ou que je me faisais des idées. Ma mère, en revanche, ne l'approchait guère. La fillette lui inspirait le même dégoût que moi, la même aigreur ancrée depuis des années au fond de ses entrailles. Elle redoutait que les saints viennent lui rendre visite à elle aussi, qu'elle ne soit pas prisonnière des ombres comme elle l'était elle-même.

Au fil du temps, je constatai que Carmen avait raison, mon enfant cessa d'être rachitique et mal faite, ses paupières n'étaient plus gonflées, elle perdit ses poches sous les yeux et son teint olivâtre, et ses cheveux noirs se mirent à pousser avec vigueur. À six ans elle était devenue une très jolie petite fille. Je te l'avais dit, me rappela Carmen un jour qu'elle était venue nous voir. Depuis qu'on était allé raconter à Madame que mon amie passait plus de temps chez nous que chez elle, elle lui accordait souvent ses après-midi. De plus en plus impertinente, sa langue se déliait avec l'âge, mais Madame n'osait pas la renvoyer. Notre patronne n'avait pas oublié sa haine, et notre solide réputation de jeteuses de sorts la lui rappelait quotidiennement. Une fois, voyant que Carmen s'apprêtait à astiquer sa coiffeuse, elle se précipita sur elle en grimaçant et lui arracha le peigne des mains. Elle avait probablement appris que nous élaborions les nouements avec des cheveux et s'était imaginé des choses. Désormais, seule Margarita, une jeune fille stupide engagée après mon départ, avait le droit de faire le ménage dans sa chambre. Quand elle faisait la queue à l'épicerie, elle vantait le bon goût de Madame, l'élégance des tissus qu'on lui apportait de Paris et la finesse des broderies et des dentelles qu'elle se faisait confectionner. Attifons-la comme nous et on verra si tu la trouves toujours aussi distinguée, la vieille bique, ripostai-je. Certaines femmes éclatèrent de rire tandis que les autres cachèrent leurs traits pour qu'on ne cite pas leurs noms en colportant des ragots auprès de Madame. Ces âmes serviles songeaient peut-être à aller cancaner en la croisant à la sortie de la messe, comme par hasard, comme si elles n'avaient pas projeté toute la semaine durant de déverser sur elle leurs potins de femmes mesquines et minables.

Ma fille était de plus en plus belle tandis que ma mère se ratatinait. Une bosse poussa sur sa hanche, l'obligeant à marcher pliée en deux, à monter l'escalier en tenant la rampe à deux mains, presque en se traînant. La chair qui lui restait fondit et, en deux mois à peine, toutes ses dents tombèrent. Sa peau se rida du jour au lendemain, la faisant paraître plus âgée qu'elle ne l'était. C'était probablement la rancœur qui la rongeait, ou bien la maison, lasse de s'acharner sur ma fille, qui avait décidé de s'attaquer à elle. Quoi qu'il en soit, la voir souffrir ne m'attristait pas. Je ne me souviens pas d'avoir éprouvé pour elle autre chose que du ressentiment. J'étais sans doute plus tendre dans mon enfance, avant de m'apercevoir qu'elle massacrait mes cheveux exprès quand elle me les tondait, avant qu'elle m'oblige à quitter l'école et m'envoie laver la merde des Jarabo. Chaque plaie qui s'étendait, chaque dent qu'elle perdait étaient comme une récompense pour ce qu'elle m'avait fait, des cadeaux que m'envoyaient la petite sainte ou le démon, peu m'importait.

Lorsqu'elle mourut, je donnai un pourboire au fossoyeur et lui demandai de placer le cercueil à l'envers, les pieds face à la stèle. Je voulais qu'elle sache ce qui lui arriverait si elle tentait de regagner la maison. Il n'y avait aux obsèques que Carmen, ma fille et moi, ma mère n'ayant pas d'autre famille. Au village, personne n'avait voulu venir. L'homme se signa mais empocha l'argent, puis s'exécuta. J'ignore si c'est pour ça, en tout cas elle n'est jamais revenue.

7

Mon arrière-grand-mère est morte entièrement dévorée par la haine, comme son mari. Lui a fini emmuré dans la maison qu'il avait bâtie pour l'enfermer, et elle rongée par sa jalousie à l'égard de sa propre fille. Ils sont tous deux morts de pur dégoût de pur mépris de pure hargne. Elle a bien fait de le laisser derrière ce mur, le réduisant à un crcrcrcrcr de cuillère contre la brique, mais ce crcrcrcrcr s'est introduit dans sa tête parce que dans cette maison tout se glisse en toi et te gratte te gratte te gratte.

Les autres membres de la famille ont eux aussi succombé à la haine, pas la leur mais celle d'autrui. Mon grand-père s'est consumé dans son lit l'année qui a suivi son installation parmi nous, il n'a pas supporté le ressentiment qui dégouttait des plafonds au-dessus de sa tête. Nous, nous avons grandi ici, mais lui venait de l'extérieur et il n'était pas fait pour ce pourrissoir. Il n'est resté de lui qu'une auréole de sueur et d'urine sur les draps et ce bébé rachitique, chétif qui finirait par devenir ma mère, destinée elle aussi à mourir de la haine d'autrui. Telle est la cause du décès de tous les occupants de cette maison, leur haine ou celle des autres, la haine, toujours la haine.

La vieille a raison de dire qu'ici elle nous bouffe, non que nous ayons quelque chose de tordu à la naissance. Elle nous déforme ensuite, peu à peu, parce que nous serrons les dents. Je m'en suis rendu compte quand j'ai commencé à travailler pour le fils Jarabo, qui s'était installé au village avec sa deuxième femme pour s'occuper des chais après la mort de son père et de son frère. Le premier jour, j'ai grincé des dents dès que la mère du garçon m'a ouvert la porte. Comment ne pas me distordre de l'intérieur comment ne pas me perdre dès l'instant où j'ai serré la mâchoire ? J'ai compris que je n'aurais jamais dû y aller en la voyant debout sur le seuil, mais qu'est-ce que j'aurais pu faire d'autre dans ce village de merde ? Ici il n'y a rien à faire, si ce n'est les vendanges pendant quelques semaines à peine, ou torcher le cul d'un vieux jusqu'à ce qu'il meure ou qu'on le colle à l'hospice. Je m'étais dit qu'il valait mieux s'occuper d'un enfant que d'un vioque parce que le mouroir, je l'avais déjà chez moi.

María, la fille d'Angustias, s'était elle aussi présentée pour ce poste. Sa mère avait été malade toute sa vie, personne ne savait de quoi, ça échappait aux médecins, et lorsque la jeune femme avait insisté ils lui avaient laissé entendre qu'elle simulait, comme si María n'avait pas remarqué que quand sa mère avait une crise elle ne pouvait plus bouger ni même parler parce que l'angoisse lui nouait la gorge. María était donc restée à la maison pour veiller sur elle, car son père ne savait même pas faire cuire des patates et que ses frères étaient partis à la fac pour ne pas revenir. Mais ils se font beaucoup de souci pour moi, disait sa mère aux voisines qui lui rendaient visite quand elle était clouée au lit, ils me téléphonent toutes les semaines. J'ignore si María enrageait en entendant sa mère tenir ce genre de propos pendant qu'elle récurait les chiottes et la cuisine, mais il y avait de quoi avoir envie d'empoisonner la vieille, de lui balancer le seau d'eaux usées et de la traîner par les cheveux dans toute la maison pour qu'elle constate par elle-même que ce n'étaient pas ses frères qui avaient fait les lits ou préparé la bouffe.

À la mort d'Angustias, ils ont appelé uniquement pour mettre la maison en vente. Le père avait été enterré deux ans plus tôt et ils voulaient se débarrasser de tous les biens qui leur restaient au village. María n'avait pas de quoi racheter la part de ses frères, qui l'ont cédée à d'autres gens et l'ont flanquée dehors avec cinq mille euros en poche. Du jour au lendemain, elle s'est retrouvée sans toit sans pension sans chômage et sans frères, qui ne l'ont jamais rappelée. Elle a vécu quelque temps dans une maison louée à un voisin, a fait plusieurs fois les vendanges. Elle s'est portée candidate pour le poste qu'ils m'ont donné, mais Madame n'a même pas voulu la recevoir. Ensuite elle n'arrivait plus à payer son loyer alors on l'a emmenée. Personne ne l'a plus revue, il paraît qu'on l'a internée dans une résidence parce qu'elle avait perdu la tête.

Le jour où elle s'est présentée chez les Jarabo, je pensais qu'ils la choisiraient, elle était plus âgée que moi et avait davantage besoin de ce travail. Mais à la disparition d'Angustias elle avait plus de soixante ans, or les Jarabo n'aimaient pas les femmes qui arboraient des robes passées de mode et se coupaient les cheveux dans leur cuisine. Elles étaient bonnes pour les vendanges, c'est ce qu'elles avaient fait toute leur vie, travailler comme des ânes, se tuer de douleur pour une paie de misère, mais pas pour passer leurs journées chez eux et éduquer un enfant. Ils ne voulaient pas que leur fils soit élevé par une pauvre malheureuse qui s'attifait avec des fringues achetées sur le marché et avait la racine des cheveux blanche. Qu'est-ce qu'elle va lui apprendre, elle qui n'a rien fait de sa vie, comment lui faire comprendre la place qu'il occupe, lui montrer que ce qui compte c'est le succès et l'argent, comment lui enseignerait-elle à écraser les autres, elle qu'on a toujours piétinée ?

La mère du garçon nous a regardées de haut en bas et m'a engagée, car elle savait que lorsque ses amies de la capitale viendraient, elles lui demanderaient combien elle me payait, qui lui avait donné mes références et quelles langues j'enseignais à son fils. Je ne m'étais jamais occupée d'un enfant et ne parlais que l'anglais du lycée, mais peu importait, je n'avais pas l'air d'une pauvre plouc ignorante qui a passé la serpillière toute sa vie. Quand ses amies me verraient elles s'imagineraient que je lui coûtais bonbon, c'est tout ce qu'elle voulait, je l'ai compris à la façon dont elle m'a toisée, même si à la télé on a dit par la suite qu'il fallait appeler les services sociaux parce que j'étais une tarée, ce qui n'est pas vrai parce qu'au bout du compte je suis rentrée chez moi malgré ce que nous avons fait, et ça peu de gens pourraient s'en vanter.

Lorsqu'elle a su que j'allais m'occuper du petit Jarabo, la vieille a pété un plomb. Tu crois qu'ils t'ont prise pour te passer la brosse à reluire, mais ce qu'ils veulent c'est t'humilier ! a-t-elle hurlé comme une possédée ou une folle. Je ne me rappelle plus ce que je lui ai répondu mais en mon for intérieur je savais qu'elle disait vrai, que tout le monde penserait que frapper à leur porte pour demander du travail, c'était admettre notre défaite, reconnaître que leur fils avait remporté le bras de fer que la vieille avait engagé contre sa mère et sa famille le jour où elle les avait insultés devant tout le village à l'enterrement de mon grand-père, et qu'elle avait fait croire qu'elle avait brûlé leur maison et leur avait brisé les os avec ses nouements.

Comment aurait-elle pu ne pas se mettre en rogne, elle qui avait constamment essuyé leurs brimades, elle qui depuis l'enfance avait dû garder la tête rivée sur leurs godasses au lieu de les regarder droit dans les yeux, et qui avait vu les villageois leur adresser des condoléances aux obsèques de son mari ? Comment ne pas devenir verte de rage en me voyant ramper jusque chez eux pour avoir du boulot, en sachant que j'allais veiller sur leur fils et l'éduquer pour qu'il devienne un connard de plus qui nous mépriserait, un autre fils de pute qui hériterait des vignes et aurait le droit de nous y faire trimer pour trois fois rien ? Et comme si ça ne suffisait pas elle avait dû supporter de voir l'ombre de sa fille dans la maison jour après jour, des années durant, comme une condamnation.

J'ai compris sa réaction en commençant à bosser dans la maison qui avait été autrefois celle de Jarabo père et appartenait désormais à son fils. Rien n'avait changé parce qu'ici rien ne change, et ceux qui ont essayé de faire bouger les choses se sont retrouvés roués de coups et une balle dans la bouche au milieu des collines. Je me suis crue plus maligne que la vieille, je pensais que son aversion était liée à des bêtises d'un autre temps et que tout ça c'était fini, que j'allais enfin avoir des sous pour me barrer et ne plus jamais mettre les pieds ici. Mais une fois chez les Jarabo j'ai compris que j'avais été complètement con, qu'ils m'avaient engagée à la place de María pour se la péter, qu'ils me détestaient tout en m'exhibant comme un trophée de chasse ou un animal en cage qu'on montre à ses visiteurs. Ils adoraient l'idée que leurs amis venus de l'extérieur s'imaginent que je coûtais les yeux de la tête et que tout le village sache qu'ils ne déboursaient pratiquement rien. Comme ça tout rentrait dans l'ordre et tout le monde restait à sa place.

Mon arrière-grand-père avait refusé d'être leur larbin et ils l'avaient laissé faire, mais à moitié seulement et seulement parce qu'ils avaient reconnu en lui ce qu'ils avaient en eux, la même volonté de soumettre ceux qui leur étaient inférieurs. Ils savaient que ces derniers ne représentaient aucun danger, qu'ils ne levaient jamais les yeux, ne visaient pas très haut mais au contraire très bas. Ils les gardaient à proximité, car parfois il fallait remettre les pendules à l'heure et ces gens-là tiraient sur ceux qui étaient prêts à tout. Mais ils n'avaient pas pardonné à la vieille son insolence en public ni qu'elle fasse croire au village qu'avec trois ou quatre cheveux et quelques suppliques à un saint on pouvait faire tomber Madame dans l'escalier. Ça leur était resté en travers de la gorge, c'était inadmissible, tous les crevards du coin allaient penser qu'ils pouvaient faire ce qu'ils voulaient, les menacer ou leur casser une jambe ou un bras rien qu'en récitant une petite prière.

Maintenant je travaillais pour eux et ils pouvaient étaler au grand jour le fait que tout était rentré dans l'ordre et que la vieille n'était qu'une cinglée qui avait cru à ses propres histoires, à ses propres mensonges. M'avoir à leur service en était la preuve et j'y avais contribué, j'avais contribué à ce que le village entier pense qu'ils avaient gagné, qu'ils gagnaient toujours, que le mépris et les insultes supportés par la vieille pendant des années depuis l'enterrement avaient été inutiles car tôt ou tard tout se remettait en place. J'ai alors envisagé de claquer la porte, de m'en aller pour que chaque journée ne soit pas pour ma grand-mère une commémoration des événements passés, que le mal étant déjà fait il ne devienne pas en plus un vilain sujet de plaisanterie. Mais un jour, alors que ces mots me brûlaient les lèvres et que je m'apprêtais à leur annoncer mon départ, Madame m'a dit que des clientes allaient venir voir la maison, que je devais rester avec le garçon dans sa chambre et ne pas le laisser sortir. Les clients venaient toujours au cellier, mais il arrivait que pour une raison ou pour une autre ils entrent dans la maison. Elle m'ordonnait alors de m'enfermer avec l'enfant, de crainte qu'il pique une colère et que tout le monde voie à quel point il était mal élevé et pourri gâté. Si quelqu'un posait des questions elle répondait qu'il avait son cours de français ou de piano.

Mais cette après-midi-là je n'ai pas pu le retenir, pas même quelques minutes. Il commençait à se douter que sa mère le mettait à l'écart lorsqu'il y avait de la visite et devenait encore plus insupportable. Il m'insultait me tirait les cheveux attrapait tout ce qui était à sa portée me mordait et me donnait des coups de pied quand j'essayais de l'immobiliser. Au moment où je n'en pouvais plus et où j'avais envie de lui coller une baffe, je l'autorisais à jouer avec mon portable et ça marchait, car sa mère ne lui prêtait jamais le sien. Mais cette fois-là ça n'a pas fonctionné, il a jeté mon téléphone par la fenêtre avant de se sauver en courant. Je l'ai rattrapé au salon, où sa mère parlait des tableaux qu'ils avaient choisis pour décorer les lieux.

Tiens, tiens, mais qui voilà ! s'est exclamée une des clientes en adoptant le ton débile que prennent les adultes pour s'adresser aux enfants. Tu dois être Guillermo. Le garçon a tendu une main d'un geste charmant en imitant les grandes personnes et ces dames ont pouffé de rire. Le cours de français est déjà fini ? Non, ai-je répondu en prenant l'enfant par la main pour l'emmener, on est juste descendus chercher un verre d'eau. Elles n'ont pas attendu mon départ ni patienté quelques secondes pour m'épargner leurs médisances. Le souci, avec les professeurs originaires de la région, c'est que nos petits ont l'accent d'ici quand ils parlent des langues étrangères, a dit la femme qui avait salué Guillermo. Oui, c'est affreux, a admis la mère, et même en espagnol il répète tout ce qu'il entend à la cuisine. Mon mari et moi, nous trouvions que c'était une bonne idée de l'élever à la campagne en compagnie des chevaux et au milieu des vignes avant de l'envoyer dans une bonne école, pour qu'il évite de passer ses journées devant un écran, mais l'autre jour, il est venu me voir et m'a dit qu'il avait terminé de déjeuner en mangeant toutes les syllabes. Je vous assure que j'ai failli quitter cet endroit dans la minute !

Elles se sont marrées un bon moment et leur hilarité m'a poursuivie bien après leur départ, quand j'ai couché le môme et quand je suis rentrée, impossible de me sortir leurs rires de la tête, ce gazouillis étouffé qu'on a pour se moquer de quelqu'un en faisant semblant d'être discret alors qu'on fait exprès, ce rire de marquis qui jette une pièce de monnaie par terre ou de fermier qui regarde ses cochons manger.

C'est cette nuit-là que j'ai tout compris, ça a fini par me monter au cerveau pendant que j'étais allongée dans mon lit. La vieille a toujours pensé que la haine des Jarabo venait d'une rancœur entre familles, du genre qui traîne, traîne sans jamais former de croûte, mais elle se trompait. Les Jarabo n'étaient pas pires que ceux de leur caste et ils ne nous détestaient pas plus que ceux qui détestent les gens comme nous. Ils ne pouvaient pas piffrer la vieille à cause des nouements, parce qu'elle avait fait en sorte que les villageois croient qu'ils pouvaient semer le mal sans qu'il se passe rien, qu'ils pouvaient traverser les collines en pleine nuit et débarquer chez nous dans notre maison au milieu de nulle part pour concocter un sale coup au patron, au maître, sans avoir à en payer le prix. Mais ils nous détestent tous de la même manière, on les dégoûte et ce dégoût s'introduit en nous et nous empoisonne si profondément qu'au bout du compte on s'imagine que c'est le nôtre alors que ce n'est pas le cas. Je me suis endormie, et à mon réveil une bête me rongeait de l'intérieur, j'ignore si les ombres me l'avaient introduite en murmurant dans mon sommeil ou si elle était venue s'installer toute seule dans ma tête, peu importe, j'ai compris que je devais la chasser et que je n'étais pas encore prête à démissionner parce que j'avais quelque chose à faire avant ça.

8

Évidemment, ça m'a déplu qu'elle aille travailler chez eux. Qu'elle se charge de l'éducation du fils de ces salauds qui avaient causé le malheur de ma famille n'avait rien pour me réjouir. Elle s'est bien gardée de me l'annoncer tant qu'elle n'a pas été embauchée. Si je l'avais su, je l'aurais traînée par les cheveux et enfermée dans l'appentis pour qu'elle n'aille pas là-bas. Plutôt la tuer que de la voir faire la bonniche chez les Jarabo.

Ils l'ont engagée sur-le-champ, tu penses. Ils auraient pu choisir María, que ses bons à rien de frères avaient mise à la rue, il faut être vil et misérable pour faire ça à sa propre sœur. Mais non, les Jarabo l'ont choisie elle, qui croyait que c'était parce qu'elle était plus jeune et plus soignée, et c'est en partie vrai, cette pimbêche que le fils a épousée après avoir divorcé de sa première femme a dû se dire que María n'était pas assez chic pour sa maison. Qui se ressemble s'assemble, et celle-là était coulée dans le même moule que la première ou peut-être pire, mais beaucoup plus jeune. Au fond j'étais sûre que le fils nous en voulait toujours de l'avoir fait tomber de cheval pendant sa partie de chasse. À l'extérieur, les Jarabo se moquaient des racontars et disaient que ça avait été des accidents, mais une fois chez eux, Carmen disait qu'ils faisaient moins les malins. La mère descendait l'escalier en se tenant à la rampe et le fils gardait son fusil sous clé.

Encore que tout bien réfléchi, j'ignore si le fils me détestait pour l'accident ou parce que tout le village pensait que je pouvais leur faire du mal avec de petites prières, comme dit ma petite-fille. De toute façon ça revient au même. Il avait ravalé sa colère et maintenant il avait une bonne raison pour la faire sortir. Elle est allée là-bas parce que ça lui paraissait un travail comme un autre, les patrons étant tous les mêmes. Elle voulait simplement faire grossir son bas de laine pour partir à Madrid. Sauf que chez eux, elle a fini par comprendre certains faits. Elle est entrée en ayant certaines convictions et en est ressortie avec d'autres. Moi, j'étais fumasse quand elle revenait, la rage qui m'envahissait venait du fait qu'au village, on racontait qu'après toutes ces années, nous nous étions aplaties devant eux pour avoir du travail. Puis elle a commencé à se confier et à me décrire les idées qui lui traversaient l'esprit lorsqu'elle était là-bas. J'étais au courant de beaucoup de choses, mais je ne les avais jamais envisagées comme un ensemble, les unes à côté des autres. Si seulement j'en avais pris conscience plus tôt, j'en aurais touché un mot à ma fille, qui n'aurait sans doute pas disparu. Ma petite-fille affirme qu'on ne peut pas le savoir, que si ça se trouve ça n'aurait rien changé, que c'était inévitable. Mais moi, je n'arrête pas de penser que si j'avais étudié la question, on se serait mieux entendues, on ne se serait pas crié dessus et elle n'aurait pas claqué la porte.

Ma fille était une vraie beauté. Pas comme nous, qui sommes petites et maigres comme des fouines avec la peau sur les os. Elle était grande et belle, elle avait l'élégance d'un chevreuil. Le bébé recroquevillé sur lui-même et olivâtre s'était métamorphosé en une jolie créature, tout le village avait les yeux tournés vers elle lorsqu'elle passait dans la rue. C'était un bonheur de la voir. Les femmes jasaient dans la queue à la boulangerie, elles disaient comment ça se peut qu'une fille aussi chaleureuse et aussi charmante soit sortie d'une maison comme celle-là ? Carmen me le répétait. Ces misérables avaient la bouche pleine de venin, ce qui ne les empêchait pas de venir me trouver quand elles avaient besoin de moi.

Quoi qu'il en soit, les propos des femmes me préoccupaient moins que ceux des hommes, que Carmen ne pouvait me rapporter parce qu'ils n'abordent ce genre de sujets qu'entre eux. C'étaient les saints qui m'en informaient. Ils me disaient qu'ils parlaient de ce qu'ils lui feraient, certains brûlants de désir et d'autres éprouvant ce que beaucoup d'hommes ressentent pour les femmes, qu'ils prennent pour du désir alors que c'est simplement de la haine. Les saints reprenaient leurs mots exacts afin que je me rappelle bien qui avait dit quoi. Et je m'en souvenais, je le gravais dans ma mémoire.

J'en parlais en partie à ma fille, mais elle ne me croyait pas. Elle disait que je cherchais surtout à l'effrayer pour l'empêcher de sortir, que je voulais la boucler avec moi entre ces quatre murs. Elle disait que les gens se moquaient de moi, qu'ils me traitaient de folle, riaient dans mon dos et qu'elle avait honte d'être ma fille. Ça aussi je le savais. Je savais qu'avec ses amis elle me ridiculisait, qu'elle leur racontait qu'elle trouvait des chapelets sous les lits et des sachets remplis de cheveux entre les draps. Elle leur disait que je déblatérais toute seule, qu'à chaque fois que je tombais dans les pommes je pensais voir apparaître des saints. Elle était plus virulente qu'eux pour bien souligner qu'elle n'avait rien en commun avec moi, sa mère, et qu'elle se méfiait de mes fariboles de vieille femme.

Les saints me le répétaient mais c'était inutile. Elle se chargeait elle-même d'en faire part à tout le monde, y compris à moi. Mais il y avait certaines choses qu'elle ne voulait pas que je découvre, que me révélaient les saints quand ils m'emmenaient. Je savais donc qu'elle allait dans les champs avec les garçons, qu'ils buvaient, fumaient et écoutaient de la musique sur une radiocassette qui appartenait au fils Jarabo. À l'époque, la plupart des jeunes étaient déjà partis, certains pour faire des études, la plupart pour travailler, mais l'été ils revenaient. Après la disparition de ma fille, ils se sont volatilisés, mais deux ou trois ans plus tôt ils passaient encore tous leurs vacances ici. Ils dormaient la journée et s'amusaient la nuit, allaient aux fêtes organisées dans les villages des environs et rentraient ronds comme des queues de pelle, conduisaient sur ces routes périlleuses pleines de virages et de nids-de-poule. Aucun ne s'est tué parce que Dieu a bien voulu qu'il en soit ainsi.

Les études n'intéressaient pas ma fille. Je n'aurais pas pu l'envoyer à l'université, nous n'avions pas de quoi, mais je lui avais suggéré de faire une formation professionnelle. Elle avait terminé sa scolarité obligatoire à grand-peine, manquait très souvent les cours. À l'entendre, elle ne supportait pas de rester assise pendant des heures, à écouter des sottises qui ne servaient à rien. Au travail non plus elle n'était guère très assidue. Quand elle décrochait un contrat en hiver, elle tenait deux ou trois mois, puis démissionnait au début de l'été. Quand elle n'avait pas d'argent pour sortir, quelqu'un finissait par l'inviter. Il se trouvait toujours un garçon pour lui payer un verre, beaucoup espéraient quelque chose en contrepartie, d'autres l'exigeaient.

Le fils Jarabo l'invitait fréquemment. Il avait quelques années de plus qu'elle, avait étudié le droit pour devenir avocat et travaillait dans un bureau à Madrid, ça lui plaisait. Ici il pouvait chasser et se promener à cheval dans les collines, le misérable. Les saints m'avaient dit qu'il reluquait ma fille avec envie. Ça me mettait hors de moi que ce merdeux ait des vues sur elle. Cette famille n'en avait jamais assez, elle en voulait toujours plus. Ça ne leur suffisait pas qu'on trime pour eux, que les villageois laissent leur peau dans leurs vignes, il fallait en outre leur faire plaisir.

Mais je ne vais pas vous mentir, ma fille adorait qu'il lui coure après. La grosse idiote pensait qu'ils se fianceraient. Ces hommes-là ne nous aiment que parce qu'ils ont une idée derrière la tête, lui disais-je, mais elle rétorquait que les temps avaient changé. Comme si ce bon à rien n'était pas le fils de son père. Comme si on ne lui avait pas fait croire dès son plus jeune âge que tout ce qu'il y a ici lui appartient.

J'étais persuadée que ma fille retrouverait la raison après les quelques jours qu'il avait passés ici avec sa fiancée, celle qui est devenue ensuite sa première femme. Une demoiselle de Madrid, fille d'un des avocats du cabinet où il travaillait. Très snob et très sèche, sans charme, sans formes non plus. Mais elle était bien habillée, avait des manières d'école privée et chic qui s'affirmaient jusque dans sa démarche de marquise, à croire qu'elle avait payé chaque pavé sur lequel elle posait les pieds dans la rue. Il la laissait en compagnie de sa mère et venait chercher ma fille, qui refusait de le voir et s'enfermait dans sa chambre jusqu'à ce qu'il disparaisse sur le chemin. Il ne s'approchait jamais de la porte et ne sonnait pas, mais je savais qu'il rôdait dans les parages car la maison tremblait du sol au plafond. Les murs s'ébranlaient, l'air était dense et pesant, étouffant au point que j'en avais la respiration coupée.

Elle s'est fâchée contre lui, mais plus encore contre moi. Dans notre famille, nous nous sommes toujours renvoyé notre haine à la figure jusqu'à ce qu'elle nous dévore de l'intérieur. J'ignorais ce que ma petite-fille m'a révélé par la suite, ma colère venait uniquement du fait qu'elle ait pu être aussi bête, qu'elle ne m'ait pas écoutée lorsque je la mettais en garde contre les hommes qui ne nous aiment que pour faire leur lit ou le défaire, rien de plus. Que j'aie raison et que mes prédictions se soient réalisées la mettait hors d'elle. Quand nous nous disputions, la maison se resserrait autour de nous. Les murs frémissaient, les portes des armoires s'ouvraient et se fermaient violemment. Les plafonds craquaient, comme sur le point de s'écrouler, comme si le toit allait s'effondrer au-dessus de nos têtes. Mais le pire c'était les ombres. Elles nous attrapaient par les chevilles pour nous faire dégringoler, tiraient sur nos vêtements, s'accrochaient à nos cheveux, jetaient sur nous les assiettes et les verres rangés dans les placards. Nos querelles les déboussolaient et nos cris, nos insultes, nos si tu pouvais mourir et je n'aurais jamais dû te mettre au monde, petite garce, les rendaient folles.

Deux semaines après que le fils Jarabo s'était montré dans le village avec sa bêcheuse, ma fille a commencé à fréquenter un jeune maçon d'une équipe d'ouvriers de Huete qui travaillait là où se présentaient des chantiers. La petite sainte me l'a appris une nuit où elle s'est allongée avec moi dans mon lit, je m'en souviens parce que son auréole a brûlé les draps, que j'ai dû jeter. Il avait l'air sérieux et très consciencieux mais elle ne l'aimait pas, elle était avec lui par dépit et pour rendre l'autre jaloux, voilà tout. Ça, la sainte n'avait pas eu besoin de me le dire, je m'en étais rendu compte par moi-même. Il venait la chercher à la maison, s'asseyait sur le banc de pierre de la cour et attendait qu'elle descende, parfois pendant près d'une heure. Elle refusait que je le fasse entrer, je suppose qu'elle avait honte de moi et de notre intérieur, qu'elle ne voulait pas qu'il voie les rayures sur le sol et les taches jaunâtres des murs, les vieilles robes pleines de faux plis aux emmanchures et aux manches inégales, parce que ma mère m'avait laissé trop de rancœur pour que j'aie envie d'apprendre à coudre. Quand elle apparaissait enfin, il la regardait avec fascination et en restait bouche bée, l'imbécile.

Elle l'a quitté très vite, vingt jours après, lorsque le fils Jarabo est rentré à Madrid et qu'elle en a eu ras le bol de voir ce garçon lui renifler les talons comme un chien. Il l'a mal pris, s'est mis à la suivre partout dans le village, jusqu'à la maison. Il restait planté là, devant la porte de la cour, à patienter et essayer de l'apercevoir derrière les rideaux de la chambre. À la nuit tombée il était encore là. La maison s'alarmait, encouragée en cela par l'angoisse de ma fille qui augmentait au fil des jours. Quand elle regardait par la fenêtre, elle le voyait posté devant la grille, à attendre. Il n'allait plus travailler et dormait peu, sa mère racontait partout au village que par notre faute il avait perdu l'esprit, qu'il ne s'était jamais comporté ainsi avant de flirter avec cette créature. J'ai proposé à ma fille de tenter une manœuvre pour l'éloigner d'elle, mais elle a décliné mon offre. Elle ne m'a même pas laissé élaborer un petit sort, affirmait que c'était trois fois rien, qu'il allait se lasser.

Mais ça n'a pas été le cas, ça n'est jamais le cas. La situation n'a fait que s'aggraver. Un soir, la sainte m'est apparue sur le plafond de la cuisine pendant que je récurais les marmites. Elle était là, avec son auréole flamboyante, sur le plafond jauni par la fumée et le gras. Elle m'a dit que ma fille était enceinte et qu'elle aurait un bébé du sexe féminin. J'ignore combien de temps elle m'a emmenée, mais lorsque je suis revenue à moi le jour se levait.

Quand son ventre a gonflé, son état a fait les gorges chaudes. Ces teigneux n'avaient pas d'autres sujets de conversation. Ils se demandaient depuis des années comment j'avais pu accoucher d'une fille aussi belle et aussi tendre, eh bien maintenant tout concordait. C'était une marie-couche-toi-là, comme sa mère, nous avions toutes deux fini engrossées à force de fricoter avec les garçons, comme des dévergondées. Au bout du compte, nous étions toutes les deux pareilles.

Elle ne m'en a que davantage détestée. Elle s'était crue meilleure que moi, pensait épouser un jeune homme avec une belle situation et sortir d'ici, ne plus jamais mettre un pied dans ce village de pouilleux. Mais tout compte fait elle avait marché dans mes pas en tombant enceinte trop tôt. Elle se jetait autant la pierre que le reste du village, convaincue qu'elle aurait dû l'arrêter lorsqu'il avait insisté. Elle s'en voulait et sa haine se retournait contre moi, en qui elle voyait son reflet. Elle se projetait dix ans plus tard, prisonnière de cette maison, portant des vêtements défraîchis et flanquée d'une fillette stupide non désirée.

J'ai toujours eu la conviction qu'elle était retournée avec lui pour ça, ne pas finir comme moi. Elle avait dû se dire qu'il est préférable d'être avec le mauvais homme que de ne pas avoir d'homme du tout, qu'au moins elle pourrait s'en aller d'ici. Ça me faisait enrager, je ne supportais pas de la voir auprès de ce misérable qui avait passé des jours entiers devant la maison à la surveiller comme un fou. Il faut mettre des kilomètres de terre entre les individus de ce genre et toi-même, sinon la terre, ils te la jettent sur le corps.

Pendant un moment tout a semblé bien se passer. Ils avaient décidé de ne pas se marier et de vivre séparément jusqu'à la naissance du bébé. Il la promenait à son bras dans le village, comme si elle était sa femme, l'emmenait en voiture à Cuenca pour dîner dans de bons restaurants, lui acheter des bracelets et des boucles d'oreilles qui devaient coûter les yeux de la tête et dont tout le monde parlait. Elle était d'une beauté renversante, sa grossesse la rendait encore plus jolie, ça réchauffait le cœur de la voir ainsi.

Mais après l'accouchement, elle était toujours aussi évasive. Elle différait la date du mariage en avançant n'importe quel prétexte. L'été est arrivé et elle a recommencé à sortir avec les jeunes rentrés au village. Elle découchait souvent plusieurs jours de suite. Son promis la cherchait, fou de jalousie, il martelait la porte comme s'il voulait la défoncer. Le bébé pleurait et dans la maison l'air était épais comme de l'huile.

Le fils Jarabo était rentré lui aussi. Sans sa fiancée, mais sa mère avait crié haut et fort qu'ils préparaient la noce pour l'été suivant. Lui s'en fichait, il continuait de courir après ma fille comme il l'avait toujours fait, et elle aimait ça. Malgré un bébé au berceau et un jeune homme prêt à la mener à l'autel, la nigaude accourait dès que ce bourgeois apparaissait. Ça me minait, j'étais incapable de dire qui de ces deux hommes je détestais le plus, ou lequel était le plus dangereux.

Quand elle revenait à la maison, nous nous empoisonnions l'existence dès qu'elle franchissait la porte. Nos cris résonnaient probablement dans tout le village. Je la traitais de débauchée parce qu'elle abandonnait sa fille pour aller faire la bringue, elle me rétorquait que la garder me faisait une occupation et que comme ça, je ne me mêlais pas de ses affaires. Je lui reprochais son ingratitude, elle me traitait de folle, je lui disais qu'elle allait mal finir, elle répondait qu'elle pouvait difficilement faire pire que moi. La petite pleurait comme une perdue tandis que notre rancœur mutuelle s'ancrait plus profondément, si grande qu'elle gonflait les murs de la maison.

Le jour de sa disparition nous nous étions encore disputées, et la Vierge de la Colline sait que je me le reprocherai amèrement jusqu'à ma dernière heure. Elle est partie en claquant la porte, faisant trembler toute la maison, et je ne l'ai plus revue jusqu'à ce qu'elle revienne frapper quelques jours plus tard, mais ce n'était plus elle. J'ai eu beau supplier les saints de me le dire, je n'ai jamais su lequel des deux l'a enlevée. Je porte ce chagrin en moi depuis trente ans, comme un trou dans la poitrine. Puis quand ma petite-fille m'a expliqué toutes ces choses, j'ai pris conscience que les saints ne m'avaient pas révélé de nom parce que l'identité du coupable importait peu. Ils ont eu l'un et l'autre leur part de responsabilité et aucun n'a purgé sa peine. Ils ont continué leur vie comme si ma fille n'avait pas existé. L'un a épousé sa fiancée l'été suivant, l'autre Elmira deux ans plus tard. Ils ont eu leurs enfants comme s'ils ne m'avaient pas volé le mien, ignorant peut-être que j'avais l'intention de le leur faire payer.

9

Ils ont beaucoup pleuré le garçon. Leurs larmes ne parvenaient pas jusqu'à la maison parce que rien n'arrive dans cette maison, rien n'en part mais rien n'y arrive non plus. Sauf les morts, évidemment, qui transportent leurs peines sur le seuil puis s'accrochent aux portes aux murs aux étagères à nos cheveux à nos chevilles et à tout ce qu'ils trouvent. Les vivants n'y viennent pas, hormis pour nous demander quelque chose ou pour nous enlever, ou poussés par leurs besoins ou leur impatience qu'ils prennent alors à bras-le-corps.

D'après les villageoises, on entendait la mère du garçon pleurer à toute heure quand on passait devant chez eux, de jour comme de nuit. Carmen le racontait à ma grand-mère, et je l'entendais de l'étage. Elle pleurait tout bas comme le font les riches, car ce sont les pauvres qui pleurent tout haut, les gens qui font des esclandres et des petits numéros parce qu'ils ne savent pas se contenir. Elle pleurait tout bas mais on l'entendait de l'autre côté du portail, dans la rue où guettaient les femmes qui tentaient de glaner une information à répéter dans la queue de la poissonnerie et les hommes qui espéraient une nouveauté à partager au bar.

À la télé elle n'a presque pas pleuré. Elle affichait sa minceur, la snobinarde, sa jeunesse, son maquillage parfait et sa tenue très classe. Son accent sorti tout droit d'une école privée faisait de l'effet, rien à voir avec celui des pécores du coin. Elle détachait bien toutes les syllabes, les unes après les autres, chacune à sa place, sans en rajouter, son fils avait disparu mais elle restait digne, elle ne s'est pas arraché les cheveux par poignées, n'a pas hurlé qu'elle allait massacrer le salopard qui avait embarqué son gamin. Elle a dit tout ce qu'elle avait à dire calmement, sans hausser le ton, sans injures ni menaces ni malédictions. Elle avait l'air triste, elle souffrait, c'était clair, mais elle gardait tout pour elle. Seule une larme s'est échappée quand elle a eu fini de parler, une larme unique qui a roulé le long de sa joue et qu'elle a essuyée avec grâce avant qu'elle atteigne son menton. La larme n'a ni fait couler son rimmel ni laissé de traînée sur son visage car elle utilisait de bons produits de maquillage, pas ceux des bazars à deux boules. Quand j'allais dans sa salle de bains, je regardais les boîtes de fard qui coûtaient l'équivalent de mon salaire mensuel, toutes bien rangées, ordonnées, et je me demandais combien de mois et d'années je devrais bosser pour me les offrir, toute la morve de ce gamin que je devrais torcher, toutes les fois où je devrais supporter qu'il me tire les cheveux, pour arriver à valoir le prix d'une trousse pareille. Comment ne pas avoir la rage au cœur en voyant ça, comment ne pas exploser dans cette maison, comment ne pas tout comprendre ?

J'ignore ce qu'elle a dit à la conférence de presse, je l'ai entendue mais pas écoutée. J'avais les yeux rivés sur sa coiffure impeccable, sa manucure impeccable, son chemisier impeccable. Combien de personnes pour préparer tout ça, de gens mal payés, avec des hypothèques et des crédits sur le dos, des maisons pleines de pièges à cafards et de taches de moisissure pour que Madame soit aussi impeccable ? La coiffeuse pour ses teintures, l'esthéticienne pour ses mains, la bonne pour repasser son linge. Rien que pour cette interview. Et je ne comptais même pas les traitements de beauté s'étalant sur des années, les nounous qui avaient pris soin d'elle dès sa plus tendre enfance et ne l'avaient pas laissée se salir les mains, les bonniches qui avaient évité qu'elle se couvre de graisse, de poussière et de merde, les professeurs qui lui avaient enseigné à bien parler, à ne jamais s'écrouler devant quelqu'un, pas même quand on lui avait pris son fils, parce que si tu t'effondres et que tu cries, que tu jures et que tu ne t'exprimes pas correctement, que tu mets certaines lettres à la place des autres et que tu bouffes la moitié des mots, eh bien on ne te prend pas au sérieux. On a pitié de toi, on dit oh, la pauvre maman ! Mais on ne te prend pas au sérieux.

J'ignore ce qu'elle a dit à la conférence de presse, mais en fait peu importe parce que ce qui comptait c'était qu'on voie bien qu'elle ne faisait pas partie de n'importe quelle famille et que ce garçon n'était pas n'importe quel garçon. Il fallait enquêter à fond sur sa disparition, avec tous les recours possibles, sans lésiner sur les heures supplémentaires ni les conseillers extérieurs, cette affaire n'était pas de celles où on contacte les proches après avoir exploré les multiples pistes pour leur annoncer qu'on a tout mis en œuvre, qu'on ne sait rien de plus, qu'on est désolés et qu'on sera attentifs aux nouveaux indices avant de la classer, d'archiver le dossier. Cette affaire était de celles où on se fait passer un savon si on ne trouve rien, où on te convoque dans un ministère, où un juge te recadre et te décrit ce qui risque de t'arriver si jamais l'enfant ne réapparaît pas, histoire de te rappeler comment ça fonctionne. Une affaire qu'on exhibe sur le petit écran jour après jour, qui rend les notables nerveux parce que tes ongles soignés, ta langue châtiée et tes vêtements chics ne leur ont pas échappé et qu'ils savent reconnaître un des leurs.

Ce monde n'est pas fait pour que des mômes comme ça disparaissent, ils ne peuvent pas disparaître, ils parlent déjà trois langues avant d'entrer en primaire mais ne disparaissent pas. Ceux qui disparaissent, ce sont les fils des mères qui hurlent dans la rue, dont on voit les cheveux sales à la télé, trop affligées pour se doucher parce qu'elles n'en ont pas la force et qu'elles n'arrivent même pas à se lever de leur lit. Les caméras filment leurs cheveux crados, leurs nippes bon marché, leurs ongles rongés par les nerfs. On les filme ravagées par la douleur, brisées en dedans comme au-dehors, on filme leurs maisons remplies de meubles minables, leurs rideaux démodés parce qu'elles n'ont pas deux ou trois domestiques à leur service, pas d'avocat non plus pour leur organiser une conférence de presse, ou voire tout un cabinet d'avocats à leur disposition pour trouver un lieu et convoquer les médias, leur dire ce qu'elles doivent dire et les gestes à adopter, comment s'adresser aux journalistes qui ne veulent que de la charogne pour alimenter des heures et des heures de débats. Elles n'ont ni avocats ni domestiques ni rien d'autre et tout le monde le voit et les prend en pitié, mais tout le monde comprend aussi que ceux qui disparaissent sont ces enfants-là, ceux qui ne parlent pas de langues étrangères et ne sont jamais montés dans un avion, mais qui disparaissent. Personne n'a envie que ça leur arrive, tout le monde trouve ça déplorable, mais bon, la presse finit par vite les oublier et ils deviennent des chiffres dans les statistiques, tout le monde sait qu'ils ne tirent pas de larmes, ne font pas vibrer les cordes sensibles, qu'on a du chagrin uniquement pour les enfants blonds et blancs dont on connaît le jouet préféré, la couleur préférée et le nom du petit chien.

Le père participait aussi à la conférence de presse, mais il a à peine ouvert la bouche, lui laissant la vedette, car une femme qui pleure attendrit son monde, contrairement à un homme, qui dans ce cas de figure suscite plutôt de la tristesse et même le genre d'angoisse qu'on ressent en entendant des coups de tonnerre au milieu des collines. Une mère en larmes c'est déchirant, on le sait bien, mais quand ton fils disparaît, il se peut que toi, en tant qu'homme, tu l'oublies, ou que tu te mettes à insulter la police et les juges parce qu'il faut bien que ta colère sorte. Si tu as un avocat, voire tout un cabinet d'avocats servant ta cause, ils se chargent de te placer derrière ta femme, de te conseiller de lui tenir la main et de ne pas la lâcher devant les journalistes, de lui témoigner une marque de tendresse quand elle aura fini de s'exprimer et de remercier les différents corps de police et les forces de sécurité de l'État.

Il a obéi en tout, il a tout bien fait, devant les caméras il avait même l'air plus jeune qu'il ne l'était, et aussi plus beau dans sa chemise hors de prix, le visage encadré des boucles dont son fils avait hérité. N'importe qui aurait juré que son attitude était naturelle, qu'il prenait la main de sa femme tous les jours, qu'il s'inquiétait pour son fils. J'aurais également pensé ça, je me serais dit mais quel bon père il doit être et comme il doit souffrir, car les hommes, il leur suffit d'esquisser un geste pour qu'on s'imagine qu'ils excellent dans la paternité, mais moi qui ai passé des heures chez eux, je savais qu'il n'avait jamais un regard pour son fils et qu'il valait mieux qu'il ne s'attarde pas non plus sur la mère. J'avais par ailleurs découvert que l'argent ne te délivre pas des hommes tels que lui, ces salauds se contrefoutent que ta famille ait des entreprises, des rentes, des terres et des appartements, ça n'empêche pas ces ordures de te tomber dessus. Je pensais que c'était plus facile pour les femmes fortunées, qu'elles n'avaient qu'à boucler leurs valises et prendre la porte après avoir contacté trois ou quatre avocats, que par-dessus le marché elles pouvaient soutirer du fric à leur ex-mari, mais je me suis rendu compte que je m'étais trompée, qu'ils les bousillent exactement comme les autres, petit à petit mais sans relâche, comme on creuserait une tombe avec une petite cuillère. Et quand elles rassemblent leur courage et leurs griefs pour composer le numéro d'une amie et vider leur sac, lui dire je n'en peux plus de cette situation, ou celui de leur père en annonçant je fiche le camp, l'amie la prévient, il ne te versera aucune pension alimentaire, tu vas te retrouver toute seule avec ton fils, il devra changer d'école, et le père la menace, ne fais pas d'esclandre, je ne veux pas avoir de problèmes. L'argent est toujours préférable, l'argent enrobe tout d'une légère couche d'huile qui fait que rien ne grince et permet que tout s'imbrique au bon endroit, clicliclic, que toutes les pièces s'encastrent et que les rouages s'activent parfaitement, sans que rien s'écroule, se casse, se coince ou vacille. Nous les pauvres on passe notre vie à donner des coups de marteau sur les pièces sans parvenir à les emboîter les unes dans les autres, mais eux sont d'une fraîcheur et d'un calme absolus. Mais non, l'argent ne délivre pas les femmes de ce type d'hommes, je l'ai appris dans cette maison. Les femmes fortunées doivent elles aussi faire gaffe, elles peuvent s'apercevoir à tout moment qu'elles sont tombées sur un mari jaloux ou violent qui prend sa cuillère et commence à creuser, crcrcrcrcr, jusqu'à ce que leur fosse soit prête.

J'ai regardé la conférence de presse sur mon portable, par petits bouts parce que la connexion était mauvaise. J'avais envie de la voir et en même temps je n'en avais rien à foutre de ce qu'ils allaient raconter parce que le père m'avait déjà dit tout ce qu'il avait à me dire, il m'avait dit ce qui allait bousiller ma vie. Pas lui, bien sûr, pas personnellement, il n'allait pas s'abaisser à venir jusqu'ici, chez sa bonne, pour ça ils ont des sous-fifres comme ils en ont pour tout le reste. Il a envoyé son contremaître, dont la fonction est de gueuler sur ceux qui parlent, qui réclament leur demi-heure de pause, qui se plaignent d'avoir mal après avoir passé dix heures accroupis dans les vignes.

La Guardia Civil ne m'avait pas encore arrêtée, on m'avait juste interrogée pendant des heures, on m'avait fait répéter mon histoire car c'était moi qui m'occupais du garçon et que j'étais la dernière à l'avoir vu. Mais ça lui était égal, au père, parce que dans le meilleur des cas je n'étais qu'une employée qui avait merdé dans son travail et il voulait me démolir, me traîner dans la rue et me flanquer une trempe jusqu'à ce que mort s'ensuive ou presque, c'est comme ça qu'on traite les domestiques inattentifs, par leur faute on perd une récolte, un contrat, ses juments ou ses enfants. Je comprends la rage, je comprends qu'un père veuille te traîner par les cheveux si tu perds son fils, mais je sais aussi qu'il n'aurait pas été à ce point hors de lui si son fiston s'était paumé avec ses amis ou un proche, cette colère était celle d'un bourgeois contre une employée incompétente.

Le contremaître a appelé deux fois en criant et filé quand la vieille lui a ouvert et l'a regardé, postée sur le seuil. Elle épouvante tout le monde lorsqu'elle lâche sa longue chevelure et qu'elle te fixe dans sa robe de chambre noire, mais il a également dû sentir quelque chose de bizarre dans la maison parce qu'il a levé les yeux vers la lucarne du grenier et son visage s'est décomposé l'espace d'une seconde. J'étais derrière la fenêtre de la chambre, il ne m'a pas vue, mais moi si, et j'ai décelé cette seconde de terreur qu'il a ensuite cherché à dissimuler sans y parvenir. Il a peut-être remarqué une étrangeté, peut-être l'envie qu'avait la maison de se jeter sur lui comme un animal rendu fou par la faim.

Le fils Jarabo ne nous a plus renvoyé son contremaître mais il a sûrement passé des coups de fil parce que sa promesse, il l'a tenue. On m'a arrêtée et collée en taule le lendemain. Il se peut que j'aie commis des erreurs en répétant mon histoire mais je ne crois pas, je l'avais bien ressassée dans ma tête et devant les agents de la Guardia Civil en disant toujours la même chose, en tout cas ils n'ont pas eu l'air de trouver ça incohérent et ne m'ont pas posé d'autres questions. Je crois qu'ils n'avaient rien contre moi et qu'ils m'ont coffrée uniquement pour donner l'impression qu'ils avançaient dans leur enquête. Six jours s'étaient écoulés et plus personne ne pensait qu'on retrouverait le garçon vivant, qu'il avait été enlevé ou quoi que ce soit d'autre car un enfant si petit est incapable de survivre seul si longtemps et que par ailleurs il n'y avait pas eu de demande de rançon. Personne ne le disait mais tous pensaient qu'il était mort, chez eux ils en étaient arrivés à cette conclusion mais dans la rue ils racontaient qu'il ne fallait pas perdre espoir, en partie pour s'en persuader eux-mêmes, en partie parce qu'ils redoutaient que ça remonte aux oreilles des Jarabo.

Les policiers devaient montrer qu'ils progressaient, alors ils ont arrêté celle qu'ils avaient sous la main, autrement dit moi, qui n'avais ni avocat ni aucun contact ni personne à appeler pour qu'on me libère. Je n'avais pas d'argent non plus, si bien que je suis restée en prison jusqu'à ce qu'on m'assigne un avocat commis d'office qui m'a fait relâcher parce qu'ils n'avaient rien contre moi. Mais ça, c'était trois mois plus tard, or pendant ce temps-là, je n'ai vu l'avocat qu'une seule fois et un autre jour je l'ai eu au téléphone. En revanche je parlais avec la vieille, je lui ai dit de ne pas venir, qu'il y avait trois bus à prendre, que j'avais peur qu'elle ait un coup de chaud ou un malaise, elle est en forme pour son âge, mais se cogner trois bus, ça peut faire chuter votre tension et vous enlever l'envie de vivre. Je lui conseillais de ne pas sortir car tout le monde croyait dur comme fer que j'avais tué le garçon. Ça elle s'en fichait, mais quoi qu'il en soit elle se rendait rarement au village et ne quittait la maison que pour aller dans son potager et partir à la recherche des chats qu'elle n'avait pas vus depuis plusieurs jours, pour s'assurer qu'ils n'étaient pas tombés dans le ravin. Elle se déplaçait aussi pour détacher les bandes adhésives que les chasseurs mettent autour des branches d'arbre afin de signaler leur position. Un jour, elle est descendue à la pharmacie et tous l'ont regardée sans rien dire, parce que dans ce village les gens sont des minables, ils sont mesquins mais surtout lâches.

Personne ne lui a rien dit, pourtant ils ne parlaient que de ça. J'étais forcément coupable puisqu'il n'était jamais rien sorti de bon de cette baraque, que ma mère était une dévergondée qui était tombée enceinte et m'avait abandonnée pour ne jamais revenir, que ma grand-mère avait tué son mari en ne s'occupant jamais de lui parce qu'elle avait la rage. Notre famille était tordue, ça sautait aux yeux, il suffisait de voir qu'on était toutes veuves, sans hommes car aucun n'avait pu nous supporter.

La presse n'a fait qu'aggraver la situation, on leur collait un micro sous le nez et ils bavaient devant les journalistes de la télé et de la radio et de qui voulait bien les entendre. Comme il y avait de plus en plus de reporters, ils devenaient de plus en plus bavards, et dans les débats on passait à tout bout de champ la vidéo de cette salope de bouchère qui racontait que ma grand-mère était devenue barjo, qu'elle se lavait nue dans la cour et se cachait dans les armoires, et celle de cet enfoiré de primeur qui déclarait qu'au village on savait qu'elle dézinguait ses chats pour jeter des sorts et préparer des nouements à ceux qui en avaient besoin.

Ça, ça a rendu la vieille furax, elle se moquait qu'on la prenne pour une tarée, mais qu'on fasse intervenir les chats là-dedans, elle trouvait ça fort de café, avec tout l'amour qu'elle leur portait, allant parfois jusqu'à les vouvoyer alors qu'elle n'avait jamais dit vous à Monsieur quand elle était à son service.

Lorsqu'on m'a libérée ils ont continué à inventer n'importe quoi, convaincus que j'avais tué le garçon, cette idée ne leur sortait pas de la tête et personne n'aurait pu les faire changer d'avis. Les parents se sont de nouveau exprimés, on les a interviewés chez eux, assis tous les deux sur le canapé du salon, bien droits et sur leur trente et un, main dans la main. La mère a un peu plus pleuré et même ses larmes tombaient avec élégance sans friper son visage ni altérer son expression. Elle semblait plus mince, plus fatiguée, et son maquillage hors de prix ne réussissait pas à masquer ses cernes. Cette fois le père a pris la parole et déclaré qu'il avait confiance dans le travail de la Guardia Civil et des juges, qui connaissaient parfaitement les enjeux de cette enquête, et que sa femme et lui espéraient revoir leur garçon en vie. Puis il a regardé fixement la caméra et dit que dans le cas contraire il se chargerait seul de faire respecter la justice.

L'interview s'est poursuivie mais j'ai arrêté de la suivre, sachant que ce dernier message s'adressait à moi et à personne d'autre. Au lieu de m'envoyer quelqu'un, il me menaçait à la télé pour que tout le monde soit au courant et qu'il y ait des témoins, histoire que ses intimidations ne restent pas empêtrées dans les images de saints suspendues à la treille. Quand la vidéo est apparue sur le site de la chaîne, je l'ai vue et revue, avancée et remise au début, l'entendant seriner encore et encore qu'il se chargerait seul de faire respecter la justice. Encore et encore et encore.

Je me marrais dès que je la voyais. Il pouvait toujours promettre d'envoyer quelqu'un pour me tabasser ou dire qu'il me tirerait une balle lui-même avec son fusil de chasse, mais faire respecter la justice, nous nous en étions déjà occupées, nous avions veillé à ce que ce môme-là ne devienne jamais comme ses parents ni comme ses grands-parents et à ce que se termine une bonne fois pour toutes l'histoire des Jarabo.

10

Les misérables ont débité un chapelet de mensonges. Il faut être mauvais pour dire que je tuais des chats afin d'élaborer mes nouements. Carmen me l'a répété, elle l'avait entendu à la télévision. Il faut être vil, en dessous de tout et minable pour aller inventer des choses pareilles, avec le soin que je prends de ces animaux qui ont le poil brillant et sont beaux comme des rois. Avant je ne les faisais pas vacciner parce que ce n'était pas l'usage ici, mais depuis que ma petite-fille me l'a conseillé, j'appelle le vétérinaire dès que nous avons un peu de sous devant nous et il s'en charge. Il les emmène aussi pour les stériliser, ce qui n'est pas non plus très courant au village, où les gens les fourrent dans un sac à la naissance et tapent dessus pour les achever, comme ils l'ont toujours fait.

Si Carmen ne m'en avait pas empêchée, je serais allée chez le primeur et je l'aurais traîné dans tout le village par les trois ou quatre poils qu'il a sur le caillou. Qu'est-ce que tu veux, qu'on te colle en prison comme ta petite-fille ?

m'a-t-elle lancé. Alors je n'ai pas bougé pour éviter que la situation ne dégénère. Je ne lui ai rien fait mais il a eu ce qu'il méritait. J'ai prié la sainte jusqu'à m'en écorcher les genoux. Sa chambre froide a cessé de fonctionner un week-end et il a perdu tous ses fruits et légumes. Quand il a ouvert, le lundi, tout était pourri, il n'a récupéré que les pommes de terre et les oignons.

Ma petite-fille pensait qu'après son arrestation, les gens ne viendraient plus me trouver, ne voudraient plus de nouements et n'auraient plus envie que je leur dise si leurs morts erraient ou s'ils étaient partis avec les anges. Mais je connais bien cette sale engeance d'hypocrites. Ils ont beau nous craindre plus que jamais, ils sont toujours plus nombreux. Il y en a parfois deux ou trois qui attendent devant la porte à la tombée de la nuit et m'obligent à me coucher à point d'heure. La maison craque et grince car elle sent leur effroi. Les ombres sont devenues si épaisses que parfois un d'entre eux les voit, comme vous autres. Ils distinguent une masse noire qui rampe dans un coin et détournent les yeux en silence, plus effrayés que lorsqu'ils sont arrivés. Ils sentent aussi le froid que laisse ma fille en passant à côté d'eux, lorsqu'elle monte et descend l'escalier et qu'elle traverse la porte d'entrée. Ça m'a toujours attristée, tout ce froid que dégageait ma fille.

Deux semaines plus tard, les journalistes avaient disparu et nous avons terminé ce qui était à demi accompli. L'autre vermine avait trop longtemps échappé à toute punition pour ce qu'il avait fait à ma petite fille. J'aurais pu m'occuper de lui plus tôt, mais ne plus voir mon enfant me causait trop de chagrin. Je pensais que dès qu'on l'enverrait rejoindre les ombres de l'armoire, ce qui restait d'elle s'en irait à jamais et que je ne la croiserais plus, pas même le jour de ma mort, car je sais que lorsque je ne serai plus de ce monde je resterai prisonnière de ces quatre murs. Les saints m'apparaissent dans la cuisine, mais ils refuseront de m'emmener. Qu'ils m'enlèvent un moment est une chose, que ce soit pour l'éternité en est une autre.

La Guardia Civil n'est pas revenue par ici, ni pour l'un ni pour l'autre. Ils n'ont jamais retrouvé la trace du mari d'Emilia, pas la moindre piste, et l'ont très vite effacé de leur mémoire. L'enquête sur la disparition du garçon en revanche était toujours ouverte, mais au bout d'un moment il a sombré dans l'oubli, malgré les appels de son père. Dans un premier temps les policiers étaient intimidés, puis ils l'ont pris en pitié pour finir par le considérer comme un gêneur dont ils ne savaient pas comment se débarrasser. Carmen m'informait de tout, elle en entendait parler au village et venait me le raconter, consciente que je prenais plaisir à l'entendre. Elle me disait aussi que la mère sortait à peine de chez elle. Elle n'avait plus d'amies à qui montrer le cellier, n'allait plus à Madrid s'acheter des sacs qui coûtaient ce que ma fille gagnait en trois mois passés à supporter ce sale morveux mal élevé. Elle disait que lorsqu'on la voyait dehors, elle avait l'air d'une âme en peine, maigre comme un coucou, les yeux rivés au sol.

Vous voyez, nous n'avons pas réussi à les priver de leurs terres mais nous leur avons fait baisser la tête. Aujourd'hui les gens ne les respectent plus et n'ont plus peur d'eux, ils les plaignent. Ils ont toujours de l'argent, car les petits saints ne peuvent pas réussir en tout, mais au lieu de leur courir après comme des enfants de chœur derrière un curé, les villageois les fuient et les mettent à l'écart. Le malheur est contagieux, c'est bien connu, il s'installe en toi sans que tu puisses t'en dépêtrer.

Carmen a cessé de venir me raconter les potins du village, elle s'est cassé la hanche et ses neveux l'ont envoyée dans une résidence, la même que celle de María, un établissement bon marché, car même après avoir travaillé toute sa vie elle touchait une pension ridicule. Monsieur et Madame n'avaient pas versé un seul jour de cotisations pour elle, au début parce que ça n'était pas l'usage, plus tard parce qu'ils ne voulaient pas. Ils lui ont dit que si elle insistait, ils la renverraient car elle était vieille, et qu'une Péruvienne ou une Colombienne pouvait faire son travail pour un salaire moindre et sans rouspéter. On se téléphone, mais ce n'est pas pareil, elle est amorphe, morose et parle à peine depuis qu'elle est là-bas. Elle qui était une vraie pipelette, il n'y avait pas moyen de la faire taire, eh bien maintenant c'est tout juste s'il ne faut pas un tire-bouchon pour lui arracher trois mots de suite. Je sais qu'elle va mourir de chagrin. Aujourd'hui on appelle ça la dépression, mais ici on a toujours dit mourir de chagrin. Ceux que ce mal touchait ne sortaient plus de chez eux, ne mangeaient plus, n'avaient plus goût à la vie, et au bout d'un moment ils mouraient. C'est ce qui est en train d'arriver à Carmen. Pourvu qu'elle vienne me voir quand elle ne sera plus. Je sais que les saintes l'emmèneront avec elles parce qu'elle n'a jamais fait de mal à personne, au contraire elle aidait tout le monde. Elle détestait Monsieur et Madame et la Guardia Civil, mais ça s'arrêtait là. Pourvu qu'elle ait le temps de venir me dire adieu avant de les suivre. Je me demande si elle s'est doutée de ce qui s'était passé avec le garçon. Elle n'a jamais posé de questions et je ne lui ai jamais rien raconté. Ça aurait été une trop lourde charge pour elle, qui n'avait rien à voir avec cette histoire. J'aimerais tout lui révéler avant qu'elle s'en aille, mais j'ai peur qu'elle reste coincée ici, dans la maison, qu'elle se rappelle la haine qu'elle vouait à cette famille et refuse de quitter ce monde.

Pour ma petite-fille aussi, la charge a été lourde dans un premier temps. Elle croyait que la Guardia Civil allait débarquer à tout moment pour l'incarcérer de nouveau. La nuit elle ressassait en rêve ce qu'elle avait dit à l'audition. Elle bredouillait aussi des phrases à propos de l'armoire, répétait les mots qu'avait prononcés ce misérable pendant qu'elle l'entraînait dans l'escalier en lui tenaillant le bras. Jenesaispasdequoituparles, jenesaispasdequoituparles,

jenesaispasdequoituparles. De mon lit je l'entendais murmurer sans cesse la même chose. Elle se levait la bouche pâteuse, des cernes violets sous les yeux, comme si elle n'avait pas fermé l'œil de la nuit. Quand elle était réveillée elle ne disait rien, mais je voyais sur son visage qu'elle y pensait. Elle ne sortait plus de la maison et c'est à peine si elle mangeait, passait ses journées étendue sur la banquette, le regard vague, je comprenais alors qu'elle ruminait encore. Je savais qu'ils ne trouveraient rien mais j'avais beau argumenter, il n'y avait pas moyen de la convaincre. Le prurit lui piquait les entrailles et s'y installait. J'avais peur qu'il reste en elle, qu'elle se laisse mourir comme Carmen.

Une nuit, je l'ai tirée du lit pendant qu'elle parlait en rêve. Je ne pouvais plus supporter ça. Je ne trouvais plus le sommeil, bouleversée par les phrases qu'elle répétait en serrant les dents, sans répit. Elle dormait et je veillais car il m'était impossible de m'assoupir en entendant ses chuintements d'aliénée. Quand je l'ai réveillée, elle ne m'a pas donné l'impression de sortir du lit mais du fond d'un puits. Elle était en nage et tremblait, peut-être prise de fièvre, et en ouvrant les yeux elle m'a regardée comme si elle ne m'avait jamais vue et ignorait où elle était. De sa bouche dégoulinait une bave blanche et épaisse qui formait des bulles au coin de ses lèvres, ses cernes étaient plus marqués, plus sombres que d'habitude.

Je lui ai pris la main pour la tirer jusqu'à l'armoire, à

l'autre bout de la chambre. Je n'en pouvais plus de cette situation, nous allions devenir folles toutes les deux. Le bois a craqué et la porte s'est ouverte de quelques centimètres. Je sentais son impatience. Je lui ai demandé de m'aider à pousser le meuble pour l'écarter du mur. Il pesait une tonne, comme rempli de pierres, refusant qu'on le déplace. Je me suis agenouillée devant la cloison pour compter les briques en passant un doigt dessus. J'avais oublié quand je l'avais fait pour la dernière fois, mais ça remontait probablement à des années, avant la naissance de ma petite-fille. Longtemps j'étais allée voir chaque semaine si mon père avait bougé, puis j'ai eu la certitude qu'il ne partirait pas d'ici. Nous étions prisonnières du piège qu'il nous avait tendu, mais lui aussi.

J'ai exercé une pression sur un des côtés de la brique jusqu'à ce qu'elle s'enfonce et l'ai ensuite délogée avec délicatesse. Le plâtre s'est effrité et une partie est tombée. Ma petite-fille me regardait, les yeux vitreux et gorgés de sommeil, sans trop comprendre ce que je faisais. Après avoir jeté un coup d'œil à l'intérieur, je me suis relevée en m'appuyant contre la cloison parce que mes genoux me faisaient un mal de chien. Je lui ai donné la lampe de poche que je range dans le tiroir de la table de nuit, en cas de coupure d'électricité. Dans cette maison il ne faut jamais rester dans une complète obscurité.

Elle a pris la lampe et s'est baissée sans rien dire. Je ne sais pas si entre-temps elle était remontée du puits dans lequel elle plongeait quand elle dormait, mais son expression avait changé. Elle transpirait toujours et serrait la mâchoire. Elle a chassé ses cheveux de son front et allumé la lampe. La maison a frémi. Au rez-de-chaussée les portes se sont ouvertes et fermées violemment, les marmites et les poêles frappaient le sol de la cuisine. Elles n'avaient pas fait un tel raffut depuis des lustres. Parfois elles osaient faire tomber un couvert posé sur la table ou entrouvrir la porte d'un meuble, mais il me fallait remonter des années en arrière pour me rappeler un charivari pareil.

Elle a introduit la torche dans la cavité laissée par la brique et approché son visage du mur, puis orienté la lampe de chaque côté jusqu'à ce qu'elle le voie. Je le savais parce qu'elle a sursauté avant de s'avancer davantage, ses cheveux humides de sueur plaqués au plâtre. Elle a promené le faisceau lumineux sur les trois silhouettes. La plus grande était toujours adossée au même endroit, la bouche béante et les orbites vides. À côté il y en avait une autre, celle d'un homme également. À l'évidence il était là depuis moins longtemps, la maison ne l'avait pas encore entièrement consumé. La troisième mesurait à peine un mètre. En appui contre le mur, elle avait les jambes et les mains le long du corps et ses yeux étaient clos.

Ma petite-fille s'est éloignée de la cloison et a repositionné la brique. Elle a éteint la torche, s'est relevée, a chassé la poussière de son bas de pyjama et le plâtre de ses cheveux. La maison était à nouveau silencieuse, on n'entendait que les chats dans l'arrière-cour. Quand il faisait chaud, ils ne dormaient pas à l'intérieur. Nous avons poussé l'armoire pour la remettre à sa place, après quoi nous nous sommes glissées chacune dans son lit et j'ai éteint la lumière de la table de chevet.

Remerciements

À ma grand-mère maternelle, qui m'a permis de raconter l'histoire de sa maison et de sa famille, m'a expliqué la vie des saints et appris à les écouter. C'est elle aussi qui m'a parlé des morts qui lui apparaissent dans un coin de sa chambre. À ma mère, parce qu'elle croit à la vengeance. À mon père et à mon frère, car je sais qu'ils sont fiers de cette histoire, même s'ils ne le disent pas. À Sara et Munir, mes premiers lecteurs. À Victoria, mon éditrice, pour ses corrections et son aide, mais surtout pour avoir cru à cette histoire. À José, qui depuis que je lui ai révélé par téléphone que j'avais découvert que mon arrière-grand-père « avait vécu du commerce des femmes », s'est inscrit dans ce récit et dans mon histoire.

RÉALISATION : NORD COMPO À VILLENEUVE-D'ASCQ
IMPRESSION : NORMANDIE ROTO IMPRESSION S.A.S À LONRAI
DÉPÔT LÉGAL : JANVIER 2025. N° 153048 (2404443)
IMPRIMÉ EN FRANCE